À sombra do cipreste

Menalton Braff

À sombra do cipreste
CONTOS

Prêmio Jabuti
Livro do Ano, 2000

Copyright © 2022 Menalton Braff
À sombra do cipreste © Editora Reformatório

1ª a 5ª edições Palavra Mágica, Ribeirão Preto, 1999-2003
6ª edição Global Editora, São Paulo, 2011
7ª Edição Reformatório, 2022

Editor
Marcelo Nocelli

Revisão
Roseli Braff

Imagem de capa
Toscana Típica pitoresca. Nachteule iStockphoto

Design e editoração eletrônica
Negrito Produção Editorial

Dados Internacionais de Catalogação na Publicação (cip)
Bibliotecária Juliana Farias Motta (crb 7/5880)

Braf, Menalton,1938-
   À sombra do cipreste: contos / Menalton Braf. – 7.ed. São Paulo: Reformatório, 2022.
   120 p.: 14 x 21 cm

   ISBN 978-65-998800-0-1
   Prêmio Jabuti Livro do Ano, 2000

   1. Contos brasileiros. 1. Título: contos.

B812s   CDD B869.3

Índices para catálogo sistemático:
1. Contos brasileiros

Todos os direitos desta edição reservados à:

EDITORA NOCELLI
www.reformatorio.com.br

Para
Roseli, sempre e
Marcelo Nocelli, pela acolhida

Sobretudo tenho medo de dizer, porque no momento em que tento falar não só não exprimo o que sinto como o que sinto se transforma lentamente no que eu digo. Ou pelo menos o que me faz agir não é o que eu sinto mas o que eu digo.

CLARICE LISPECTOR, *Perto do coração selvagem.*

Sumário

11 À sombra do cipreste

17 Adeus, meu pai

25 Anoitando

29 Concerto para violino

35 Crispação

39 Domingo

43 Elefante azul

47 Estátua de barro

53 Guirlandas e grinaldas: a brisa

61 Moça debaixo da chuva: os ínvios caminhos

67 No dorso do granito

75 O banquete

83 O relógio de pêndulo

89 O voo da águia

95 Paisagem do pequeno rei

101 Pequeno coração álgido

105 Terno de reis

113 Adagio appassionato

À sombra do cipreste

Pronto. Agora eles começam. Por que esta necessidade de fingir que são os nossos antepassados, repetindo gestos, assuntos, e até mesmo aquela maneira obscena de confiar no futuro, como se fossem eternos? A esta hora, a família toda já se dispersou. Os mais velhos, meus filhos, cabeças pesadas de neve e sono, subiram as escadas bocejando e arrotando, mas discretamente, como lhes ensinei há mais de cinquenta anos. Ao redor da mesa, ficaram apenas estes rapazes que adoram deglutir as tardes de domingo discutindo a bolsa, o campeonato de fórmula um – ou qualquer outro campeonato – contando anedotas picantes, mentindo sobre os respectivos sucessos. Eles competem sempre, sem descanso. Mesmo quando o tema é dos mais banais, eles se atracam como se disso dependesse a própria sobrevivência. Hoje, por causa do noticiário, eles disputam com furor a respeito da morte. Enquanto isso, lá do jardim, sobe a algazarra de seus filhos, soltos como pardais.

Mesmo de olhos fechados, eu sei que as cortinas vão balançar brandamente, agora, e que a sombra do cipreste, então, vai descer pela janela para aparecer com timidez no tapete, rastejante. Todos os dias, depois do almoço, quase perco o fôlego, de prazer e susto, ao vê--la chegar. Embora chova e o Sol se esconda por trás de pesadas nuvens, ainda assim eu a sinto aninhada a meus pés. Fazem muita falta, minhas pantufas, mas não suporto alguém a me dizer o dia todo o que devo fazer. Prefiro passar frio. Muito rebelde, esta menina, Rodolfo. Você precisa dar um jeito nisso. Minha mãe: mulher antiga. No ano passado, estes senhores que discutem em volta da mesa, meus netos, ameaçaram derrubar o cipreste: Um salão de jogos, aí neste lado da casa, hem vovó, muito mais útil do que um jardim, não acha? Risquei com o dedo o ar que eles respiravam, um fogaréu de ódio me escurecendo os olhos, enquanto eu for viva, ninguém toca no meu jardim! Resolveram esperar, amoitados ao redor da mesa, por momento mais apropriado.

Preciso pedir a um destes rapazes que afaste um pouco uma das cortinas para mim. Nem de óculos enxergo direito nesta penumbra, e meus dedos acabam de farejar dois pontos perdidos só nesta carreira. Além do mais, pressinto, a esta hora, subindo na direção da janela, a sombra esguia do cipreste. Não sei quem pode ter plantado este cipreste. Quando me dei conta, por fim, de minha existência sobre a Terra, e resolvi, então, participar das atividades de outras crianças (que mais tarde descobri serem meus irmãos e meus primos), já encontrei o cipreste erguido para as nuvens, tão fechado em seu cone escuro, tão abotoado e só, que não tive escolha e me tornei sua amiga. Era no gramado, em volta dele, que nós, crianças, brincávamos de crianças. Deitada à sua sombra eu pascia rebanhos de algodão ao redor de castelos que me escolhera enquanto via o tempo passar. Depois veio o inverno.

— Não é mesmo, vovó?

Meus irmãos não existem mais, e de meus primos, dos que restaram vivos, tenho recebido notícias cada vez mais escassas. Vi meus filhos imitarem nossas brincadeiras no jardim e agora eles dormem nos quartos de cima o sono pesado da mesa excessivamente farta para a idade deles. Há muitos anos abdicaram destes torneios de espírito que salvam as tardes de domingo do tédio absoluto. Desde que os próprios filhos cansaram-se das brincadeiras em volta do cipreste, interessados, como eles diziam, nos assuntos de gente grande. Se não estou enganada, é o Juarez quem insiste sempre comigo, que eu também suba e descanse um pouco, como eles. Tenho a eternidade toda para essas coisas, meu filho, vontade de responder.

Eis que, finalmente, não é só a mim que incomodam as cortinas cerradas. O mais gordo de todos (como é mesmo seu nome?) passa por mim enxugando o suor

À SOMBRA DO CIPRESTE 13

da testa com um lenço de papel, o sorriso escondido atrás do bigode. Me cumprimenta galante e malicioso, como se acabasse de me descobrir em meu esconderijo a observá-los. E ele tem razão. Nada me distrai tanto como ficar ouvindo as conversas destes rapazes. Os disparates que eles dizem me divertem muito. Apenas me divertem. Em outros tempos não me sofreria sem interferir, tentando impor minha opinião, mas a idade ensina muitas coisas, e a mais sábia de todas é o silêncio. Agora mesmo, este gordo, o filho mais velho do Rolando, veio abrir a cortina porque o assunto o sufocava. Poderiam ter continuado com os detalhes do acidente, que a televisão mostrou por todos os ângulos e em todas as velocidades. Parecem mais sagazes quando discutem aquilo que veem, mas deixaram-se atrair pelo encardido olhar da megera, e a discutem exaltados, como se ela fosse uma senhora de suas relações. Sem familiaridade com a metafísica, querem saber o que penso.

— O que é que a senhora acha, hem, vovó?

Suas risadas cheias de intenções ambíguas me inquietam, não porque me sinta ameaçada, mas por ver nelas muito da essência humana — caldo grosso e corrosivo, quase nunca inocente. Meus netos. Encolhida em fuga, arqueada, esfrego com força os olhos nas sardas da mão, como se estivesse acabando de acordar. Eles insistem na pergunta, sem saber se os ouço ou não, e por fim respondo com uma interjeição despropositada.

A idade já me deu o direito de manter minhas opiniões em cofre escuro, sem as compartilhar com ninguém. Vai longe o tempo em que me batia guerreira na defesa de minhas ideias. Ademais, que posso eu dizer aos rapazes sobre a morte e que eles possam entender, se têm ainda os sentidos todos tão aguçados e eficientes, tantas raízes enterradas na vida? Eles trocam olhares joviais, rindo satisfeitos. Tolos, não sabem que ela só desvenda o rosto àqueles cujas raízes já começaram a secar. Nada digo, nem mesmo os condeno, pois também eu, em meu tempo, não vivia cada dia como se a juventude fosse invenção minha?

Indiferentes à resposta, fecham-se novamente no círculo ao redor da mesa, tão ligados no assombro como divergentes nas opiniões. Nada sabem do que estão falando, mas assumem um ar tão sério, ao brincarem de adultos, que por momentos chego a esquecer quem são. Eles, primeiras aragens frias do meu inverno.

As cortinas acabam de balançar, brandamente, à passagem da gritaria ensolarada que sobe do jardim. Não há nada fora de lugar, todos os papéis cumprem-se rigorosamente. Quando essas crianças tiverem cansado das brincadeiras de crianças, assumirão seus lugares em torno da mesa, depois do almoço, aos domingos. Mas até lá, com certeza, a sombra do cipreste terá deixado de entrar pela janela.

Adeus, meu pai

Portas e janelas mantêm-se fechadas desde o início da noite: o frio lá fora, rondando a casa, silencioso, enquanto na sala enfumaçada de vez em quando alguém abafa a tosse com a mão, pede um copo d'água, tenta espantar o sono. A mulher que até agora vem puxando o terço abre um pouco a janela da frente, respira a noite — sua cabeça escondida atrás da veneziana: não suporta mais o cheiro adocicado e murcho das flores, ela esclarece assim que retorna.

Soltas no regaço, em repouso, as mãos de Ana, ásperas e rugosas, desde a véspera irremediavelmente inúteis, não se movem. Há muito elas já vinham assumindo esta coloração baça de gesso, de maneira imperceptível porém progressiva, até que, esta madrugada, ao fitá-las através da fumaça, seus olhos sujos de pasmo e sono, ela diz para si mesma pois é, e eu continuo aqui, livre e sem razão. E suspira. Apreensiva. Mas, apesar do desconforto de ter a casa devassada por tantos olhos, com os vizinhos vasculhando seus cantos escondidos, ditando as providências, mudando lugares e horários, é um momento em que não gostaria de estar sozinha. E não está.

Pouco antes, um daqueles intrusos encostou-lhe delicadamente o assento de uma cadeira nas curvas das pernas, senta, criatura de Deus, porque ninguém pode ficar assim, de pé parada, a noite toda. E ela sentou-se em silêncio, apalermada, o busto um pouco erguido demais para quem velava desde a tarde anterior – o modo como pensava assumir a chefia da casa – mas sem muita consciência do ritual que se cumpre em torno daquelas quatro velas que pouco iluminam e mesmo assim se consomem irremediavelmente nos castiçais.

O ar espesso da sala enfumaçada torna-se mais denso ainda com o sopro quente daquele cochicho: seus olhos enxutos. A noite toda assim: enxutos. A vizinha da frente tenta arrancar de Ana qualquer sinal de sofrimento, inconformada com tamanha serenidade, e, como não consegue, abre com estrépito a janela por onde entra uma golfada de ar gelado e o movimento nascente do bairro. Aquilo, seu gesto brusco, parece a muitos um desrecalque, alguma vindita, forma de jogar o velho, mais entrevado do que nunca, no meio da rua. Alguns chegam a trocar olhares significativos; nada mais que isso, entretanto. Ana apenas suspira, mais por cansaço que de dor, ao ver despejar-se tanto sol sobre o esquife do pai: seus olhos cerrados. Enxutos. Mais do que ninguém, naquela sala, ela tem razões para a tristeza, todos sabem, mas quando seca o coração e há flores murchas nos vasos ao redor da mesa, os olhos não vertem mais lágrimas. O coração de Ana, ainda jovem ela o espanejara, espremera-o bem, e o trancara por fora, protegido. Quem sabe para sempre. A vida dele em suas mãos, minha filha – sua mãe no quarto do hospital. Em suas mãos.

Lágrima nenhuma, cochicham os homens na cozinha, quase alegres com o escândalo que é a falta de sentimento daquela filha. Nenhuma, repete ainda um dos mais velhos, cigarro pendurado em um dos cantos da boca, cismarento, olhar perdido na superfície agitada da cafeteira, de onde retira a colher pingando e onde a espuma, aos poucos, se desmancha. Também, pudera, recomeça depois de encher as xícaras, e, percebendo que vários de seus companheiros se voltam para ele, curiosos, decide silenciar: boatos antigos, apenas, o ódio pelo pai e aquela paixão devastadora. Boataria. E, enquanto coloca xícaras vazias em uma bandeja (o café das mulheres que rezam o terço na sala), sacode a cabeça repetindo: tudo boato, claro. Maldade do povo desta rua.

A não ser pela ladainha intermitente das mulheres na sala e pelo espocar de uma que outra gargalhada depois de uma anedota na cozinha, a madrugada avança lenta e silenciosamente para a maioria dos participantes da vigília – os que afundam as mãos na geladeira, servem-se com desenvoltura do fogão, enchem os cinzeiros de tocos de cigarros e os esvaziam no cesto de lixo. Outros, derrotados pelo cansaço, ressonam jogados sobre a mesa, a cabeça apoiada nos braços. Vez por outra um deles levanta a cabeça, o cabelo empastado na testa, os olhos injetados, para perguntar se já está na hora. E então, ele veio?, perguntam ao velho, mal aparece de volta na porta da cozinha. A expectativa de que o passado encontre sua outra ponta nesta noite longa e fria já vai esmorecendo porque o dia começa a entrar pelas frinchas das venezianas e pelas frestas por debaixo das portas. Talvez não venha mais, respondem seus braços abertos e suas mãos espalmadas.

Instigado pelo barulho repentino e pelo cheiro marrom do café, um dos amigos da casa consulta o relógio e avisa: a hora chegando. Ninguém lhe contesta o direito de determinar a sequência das ações naquela casa e naquelas circunstâncias. Há mais de trinta anos, desde que o entrevado e a filha vieram morar nesta água-furtada de fim de rua, ele e João Pedro, seu primo, eram as únicas pessoas a frequentar a casa quase todos os fins de tarde, por conta daquelas infindáveis partidas de xadrez que mantinham o velho aceso e combatente. Durante duas décadas ou mais os moradores da rua maliciaram suas visitas, sugerindo entre risos que um dos dois ainda sairia casado com Ana. Ou os dois. E isso os deliciava muito, pois não conseguiam imaginar o que seria feito do velho, então. Por fim, sem resultados aparentes, desistiram de inventar o futuro e esqueceram-se de

Ana em sua prisão: a vida dele em suas mãos, minha filha. Mas o povo não estava inteiramente errado. João Pedro, o mais novo dos dois primos, durante muito tempo não fez questão de ganhar ou perder aquelas batalhas intermináveis, em que peões e bispos, brancos ou pretos, eram abandonados à própria sorte, enquanto seus olhos sequiosos bebiam gota a gota cada gesto de Ana, mergulhavam nas curvas da moça enquanto seus braços fortes e roliços empurravam a cadeira do pai. Ela não tinha ainda estes olhos fundos tão tristes e medrosos nem sua pele era pálida como agora. Seu rosto não era assim chupado, de maçãs salientes, nem seus cabelos tinham sido ainda tingidos pelas mãos do tempo. No dia em que ele criou coragem e declarou seu amor, sem nada responder a jovem sumiu para os fundos da casa desmanchando-se em prantos. Em suas mãos, minha filha. Em suas mãos.

O jovem entendeu a recusa de Ana e seu silêncio, jurando com a maior seriedade nunca mais voltar ao assunto sem que a moça estivesse desimpedida de seu penoso encargo.

Com o olhar embrutecido pelo sono, Ana observa o antigo companheiro de seu pai, enquanto ele pega a tampa do esquife, até então de pé e encostada à parede, para fechar o caixão. Nos quatro castiçais de alumínio, pequenos tocos de vela irremediavelmente inúteis tentam ainda resistir à lufada de ar gelado que acaba de entrar pela janela. Ninguém se inclina sobre o féretro armado em cima da mesa da sala, o rosto macerado pela dor; ninguém se joga sobre o corpo, tentando retê-lo por mais alguns instantes. As mulheres, todavia, que há bastante tempo descansavam, sonolentas, recomeçam suas rezas, agora, ante a iminência do ato derradeiro, com muito mais empenho, atropelando-se umas às outras, perdendo-se no ritmo desarvorado, esganiçando palavras que nem elas mesmas sabem o que significam. Algumas pessoas levantam-se, indecisas, sem saber como deve continuar aquela ação. Ana permanece como está, as mãos soltas no regaço, o olhar turvo, o busto um pouco levantado demais para quem vela desde a véspera.

Primeiro as mulheres sentadas do lado de trás do caixão. Ao verem-no ali de pé, estancam assustadas a ladainha, enfraquecendo de repente os apelos em favor da alma do velho. Então as demais, as que estão de costas para a porta, leem o susto nos olhos das companheiras e viram-se de uma só vez para trás. Ele chegou, ouve-se alguém gritar para os fundos, onde os homens fumam e contam piadas.

Recortado contra a manhã clara e fria que espreita a sala escura pela porta aberta, João Pedro observa como as mulheres subitamente interrompem suas rezas por descobrirem-no sombra ali parado; vê como os homens chegam da cozinha, atropelando-se pelo corredor demasiadamente estreito e desembocam na sala pela porta oposta. O recém-chegado adivinha curiosidade e dúvida em alguns olhares, ternura e esperança na expressão de antigos companheiros. Não entra logo, também ele ansioso, sem saber como será recebido depois de tantos anos de espera. Entre as mulheres, tão-somente duas ou três fisionomias um pouco mais familiares e uma cabeça que não se volta, onde ele supõe muitos cabelos brancos.

Por fim, quando parece que nada mais vai acontecer, João Pedro com sua sombra invade silenciosamente a sala e pendura o chapéu num prego ao lado da janela. Ninguém mais se move, ninguém ousa falar, e mesmo a respiração parece estorvo para quem não pretende perder nada da cena que se desenrola ali, à frente de todos.

São apenas quatro passos, mas João Pedro avança arfante e com extrema dificuldade — as quilhas de seus pés, entorpecidos na espera, singrando aquele mar de flores murchas. Só quando atinge o espaldar da cadeira onde Ana o espera e depois de apoiar suas mãos pesadas nos ombros da mulher é que João Pedro percebe perplexo que os tocos de vela agonizam em seus castiçais. Ana segura a mão do amigo em seu ombro, tentando retê-lo mas de maneira relutante. E assim, amparados um no outro, sem rota possível, todavia, os dois permanecem por longo tempo.

É o primo de João Pedro quem, por fim, consulta o relógio e informa que não se pode esperar mais. Pega novamente a tampa do esquife, que havia largado com

À SOMBRA DO CIPRESTE 23

a chegada do primo, e espera que Ana contemple o finado pela última vez. Ana move os lábios quase imperceptivelmente:

— Adeus, meu pai.

Um homem com as duas mãos pousadas nos ombros de uma mulher, protetor, as pessoas olham enternecidas, acreditando ser o destino que finalmente se cumpre. Então, como acham que ali o ritual já está completo, levantam-se os que estão sentados e juntam-se aos que tudo observam de pé para sair acompanhando o féretro, que já está na calçada.

Quando, por fim, o último toco de vela expira, João Pedro força levemente a mão presa, e Ana a solta sem mover a cabeça, sem manifestar emoção alguma, mesmo porque ela já não tem certeza de sentir o que quer que seja. Volta-se finalmente para vê-lo pegar o chapéu e sumir na intensa claridade da manhã recortada pela porta.

Anoitando

— Satisfeita? – insiste Gaspar.

Confusa, Jandira ergue os ombros. Sorri. Responder o quê? Ainda há pouco era-lhe um estranho, sem história ou nome. Chegara de súbito com a promessa de transformar sua vida, antes mesmo de qualquer revelação. Sua presença é incômoda. Desprende-se de seus braços, tenta afastar-se.

Densa e macia a sombra começa a descer dos telhados vizinhos para inundar o quintal. Como remoto silêncio de um ermo escorrendo.

— Sei que há muito o que fazer, mas quando se tem por onde começar...

Interrompe-se desolado. Embaraço a esconder. Olha em volta, seu território, imagina a vida ali, transcorrente.

Meia dúzia de canteiros, de que restam somente cômoros de contornos arruinados pela chuva, mal sustêm o verde miserável de uma vegetação envilecida. Mistura de horta, de pomar, abandono e jardim. Difícil enquadrar o futuro sonhado na realidade disponível. A felicidade podendo ser apenas palavra em sutil abstração: miragem evanescente.

Em sua fuga vã, os pés de Jandira tateiam o terreno tépido. À beira de sua aventura, não sabe como recuperar-se e sente que apenas se deixa carregar.

Um gato brasino, surpreendido no sono vagabundo, irrita-se com a invasão de seu ambiente e foge pulando a cerca. Seu gesto de pânico faz estremecerem raquíticas folhas de couve-tronchuda que emergem do mato e que, povoadas de pulgões, abanam pedidos de socorro. Assustado, o pardal abandona o galho onde descansava e projeta-se na direção do Sol. Jandira os observa e no primeiro instante não compreende a razão de tomarem rumos opostos, nascente e poente sendo meras objeções geográficas para indicar a localização de seu quintal: o centro e o polo, o foco.

Entre ramagens de quintais contíguos, descobre incontáveis olhos devassadores. Encolhe-se acuada.

— Eu fico pensando se não é tudo diferente do que você gostaria que fosse.

Olhos enxutos e abrasados, a mulher volta-se e encara Gaspar.

— Por favor.

Ele a enlaça, esperançoso, e ainda uma vez Jandira foge. Quase estéril, a roseira agarra-se com pertinácia ao que fora uma cerca e, orgulhosa de sua origem aristocrática, recusa-se à promiscuidade com as guanxumas. Duas laranjeiras, gêmeas, por certo, definham desamparadas no mútuo consolo da mesma desgraça. Gaspar sofre calado os tantos recuos, mas compreende o esforço da mulher e se encoraja.

— É assim mesmo. A gente sonha e sonha, e no sonho todos os projetos são facilmente realizáveis.

Ela nada comenta, distraída.

Tomando rumos opostos, nada mais fizeram que obedecer a um equilíbrio dialeticamente necessário. Como num jogo de regras fixas. Bem antes de vê-los em fuga, antes mesmo de conhecer a casa e o quintal, fora possível determinar com relativa exatidão o trajeto de cada um. E isso a perturba sempre. O pardal, ao penetrar no disco de fogo, continuava batendo as asas. Crestavam-se-lhe primeiro as plumas e depois os remígios enrodilhavam-se aniquilando toda forma lógica, até se transformar por inteiro em uma bola de carvão, que rapidamente perdia tamanho e desaparecia. Apenas um instante, um ponto de negro tempo. Mas não poderia ter sido diferente.

A sombra alonga-se e encobre o bairro de telhados encardidos. Olhos redondos e faiscantes multiplicam-se na folhagem escura das árvores. No céu, algumas nuvens imóveis retêm a caliça de um sol morrente.

— Você não deve se martirizar. Procure entender que ninguém tem culpa. Eu, o que peço, é só mais um pouco de tempo até me acostumar com a nova situação. Tão pouco!

Bem no fundo, no último ângulo do quintal, a touceira de cana-rosa balouça as folhas afiadas no vaivém do vento. No canto oposto, o amontoado de cacos. Latas velhas, vidros de xarope, pedaços de tijolo, de telha, trapos da cor do barro, a primeira página de um jornal gritando o último desastre, cacos de louça: resíduos de outros moradores que por ali passaram.

Sobrevoando os canteiros, uma nuvem de mosquitos ameaça transformar-se em sólido e pesado bloco de zumbidos.

— Procure entender.

Gaspar sorri e enternecido aperta contra si o corpo trêmulo da mulher que, por fim, se entrega. Jandira chora fagulhas para bordar seu firmamento.

— Mas é claro que entendo!

Uma labareda consome as entranhas de Jandira. É necessário, por Deus que sim! E num deslumbramento ela desvenda o infinito, percebendo que da menina que se arrojara outrora contra o fogo do Sol, nasce a mulher ataviada de garras e presas.

Concerto para violino

O porteiro veio até a calçada alongando-se feliz como gato que acaba de acordar, erguidas para o céu suas mãos carregadas de perguntas que Guilherme temia e não tinha como responder. Era a terceira tarde consecutiva em que rondava a porta do edifício à espera de um recado, de um aceno, sinal qualquer que justificasse a esperança de voltar a encontrá-la. Tamanha persistência poderia estar provocando suspeitas, mesmo assim adiou o medo e espiou pela porta de vidro: no saguão, apenas sofás e poltronas cochilando preguiçosos e vazios sobre o tapete persa. Guilherme atravessou a rua, rancoroso e lento, até mergulhar sua inveja na sombra fresca da marquise em frente à loja de instrumentos musicais. Aquele sim, o porteiro, todas as informações guardadas no silêncio de sua cabeça: o nome dela, seus hábitos, o número do apartamento onde suportava a vida com o marido (com toda certeza um troglodita transpirando perversidade) e com os dois filhos pequenos, que na matinê de domingo, no cinema, fartavam-se de pipoca e heroísmo sem perceber o que acontecia com sua mãe na poltrona ao lado. Virou-se ainda uma vez, astuto, e encontrou o olhar do porteiro a esquadrinhá-lo ostensivamente. Fosse livre para agir segundo sua vontade, enfrentava o porteiro e arrancava dele os segredos que mantinha trancafiados como privilégio da profissão. Mas a vontade não conta, se há um nome de mulher a preservar, e Guilherme voltou--se para a vitrina com repentino e inexplicável interesse pela música.

Foi então que, deslumbrado, descobriu o violino estirado em seu estojo preto forrado por dentro de flanela carmesim. Nunca o vira de tão perto nem tão majestosamente silencioso. Percorreu-lhe as curvas, minucioso, e esgueirou-se por suas reentrâncias com a convicção de que se perdia para sempre, mas era tarde para retroceder: braços e pernas retinham ainda a lembrança de suas unhas. Ofegante e desajeitado, então, tentou aproximar-se um pouco mais, sem perceber, todavia, que o vidro transparente era também intransponível. Inconformado com aquela estúpida indecisão do domingo, mordeu o lábio, punitivo. Quão tolo fora, ao permitir que ela partisse com os filhos, sem deixar pista nenhuma! Um aceno de despedida, apenas, antes de submergir pela porta do edifício. Um aceno, e nada mais. E ali mesmo, na frente da loja, plantara-se à espera de que ela voltasse. Em todas aquelas sacadas igualmente desertas, vestígio algum que o pudesse ajudar.

Se entrasse na loja e perguntasse o preço do violino, talvez o deixassem acariciá-lo por alguns instantes. Mas como evitar que lhe fizessem perguntas embaraçosas, que o incitassem a tocar? Não saberia o que responder nem imaginava como se empunha o arco. Como explicar que a descoberta de sua vocação dera-se no domingo à tarde, ao perceber que não era casual o encontro de seus joelhos? Poderia confessar que, desde então, a vida perdera qualquer encanto que não fosse o da esperança de voltar a sentir na pele o delicado dedilhar de suas unhas? Aquilo segredo seu, o primeiro, que nem ao pai (Sentindo alguma coisa, Guilherme?) nem aos colegas na escola ousara revelar.

Ao procurar o porteiro, na calçada oposta, Guilherme teve um sobressalto: calça jeans e blusa clara, o cabelo desfraldado ao vento, ela acabava de sair do edifício e se afastava coleante na direção da esquina. Sozinha. Mesmo com o risco de ser atropelado, atravessou a rua correndo — não fosse perdê-la outra vez. A cinco passos de distância, ensaiou chamá-la, mas se deu conta de que nem para perguntar-lhe o nome, na volta da matinê, tivera o necessário tirocínio. Deus do céu, quão difíceis de aprender são as artes da vida! Enquanto se aproximava, bêbado de curvas e alfazema, relembrava um tumulto de frases inteligentes a respeito de prêmios à perseverança e sorria orgulhoso de sua façanha.

Na banca de revistas, ela parou examinando as capas coloridas e vistosas. Quem sabe em uma delas en-

À SOMBRA DO CIPRESTE 31

contraria sua foto estampada. A seu lado, sem coragem ainda para encará-la, Guilherme distraiu os dedos a folhear qualquer coisa que talvez fosse uma revista. De repente, uma sensação de desamparo, os joelhos frouxos: a voz que esfolava seus ouvidos não era a dela.

Enfim, essa não foi a primeira vez, repetia Guilherme no caminho de volta a seu posto, ao lado do violino. De tal pensamento, entretanto, a despeito da insistência, não lucrava consolo ou lição. Uma frase frouxa, descolorida, sem eco em seus nervos atordoados. Finalmente, espáduas na parede da loja, suado, espremeu a memória até que sangrasse, tentando trazer de volta aquele rosto fugitivo feito de mel e luar. Em vão tentou, porém, porque os traços dispersos que por ali restavam eram poucos e apagados, sem o dom de ensandecê-lo. Sentiu-se cansado, idiota, sujo e imensamente infeliz.

Guilherme enfiou a mão no bolso procurando, e procurou, mas no bolso ele não tinha nada e sua mão voltou vazia. A cidade tornara-se grande, de repente, na frente daquela loja. Grande demais para ser conquistada. E esperta, cheia de malícia. Ora desfilava barulhenta, escondida no interior de ônibus e automóveis, ora espiava silenciosa através das mil janelas de cada um daqueles edifícios. Guilherme concluiu alarmado que não tinha mais sentido ficar ali exposto, naquela espera inútil. Mas o corpo, fremente de esperança, pedia para ficar.

No meio da rua os motores dos carros silenciaram. As vitrinas emudeceram, os semáforos apagaram, ninguém ousava mover-se nas calçadas. Atônita, a cidade toda parou: com suas unhas afiadas, seus dois olhos de vertigem, o balanço dos quadris e o sorriso de remanso (Como esquecê-los, mesmo que apenas por um instante?) ela vinha atravessando a rua — mais bela agora, porque vinda de muito longe.

No interior da loja, exatamente quando o violino e a orquestra pareciam ter-se, finalmente, reconciliado, mão premonitória interrompeu os argumentos de Brahms e desfez o encanto.

Guilherme soltou-se da parede e flutuou até o meio-fio para esperá-la. Não sabia por onde andariam braços, pernas, nem pensamentos: seu corpo resumido a pulsações. Ao buscar-se no escuro espelho de seus olhos, porém, encontrou-os vazios e distraídos.

Ela galgou a calçada, leve, altaneira, e desapareceu na cidade.

Crispação

Farelos de pão, duas xícaras sujas de café, as flores verdes da toalha branca. Pela porta aberta da cozinha, penetrava o cheiro furtivo e fresco de um mundo encharcado, a débil e obsedante melopeia do céu em final debulha no chuvisqueiro nascido com o princípio dos tempos. O relógio, o elefante azul de gesso, o guardanapo, a pilha de pratos por trás da vidraça. Há mais de duas horas a vã procura do que se dizerem. A vida comum em descomunhão. Em dez anos atingiram a solidão, feriram de morte o sortilégio dos desvendamentos.

Cacilda foi quem primeiro percebeu os sentidos opostos, a distância aumentando na proporção das mútuas descobertas. E em seu desentendimento foi gerada a angústia das sendas irreversíveis. Rodolfo era contemplativo: devia ter vida interior suficiente para suportar longas jornadas sem um gesto, sem mover os lábios. Como admitir uma existência a não ser através de suas atividades, suas realizações?

À SOMBRA DO CIPRESTE 35

Amaram-se, outrora, com ardor bastante para que ela julgasse o futuro um tranquilo desfiar do tempo. Projetavam ainda, exaltavam-se com pequenas satisfações, gastavam as horas conversando. Um dia surpreendeu-se a monologar ao lado de um homem ausente. Companhia de corpo apenas. Há quanto tempo acontecera a transformação? Irritava-se, no início, com a inatividade tamanha e com os monólogos incomunicantes. Sofria os minutos vazios, as horas de compacto silêncio. Então brigava, cortava com violência os liames de Rodolfo com sua interioridade inacessível, arrastava-o para a superfície do acontecer, tudo na esperança de que aquilo não passasse de algum contratempo. Tentou alterar-lhe os hábitos, vestiu-se como se vestiam as meninas na idade da conquista, leu, informou-se, consultou conselheiros de revistas mensais, invocou, voltou a brigar sem outro resultado que o distanciamento cada vez maior. Percebeu a tempo que a prática de provocar Rodolfo desencaminhava suas relações para o impasse. Por isso, e depois de muito exercício, atingiu também aquela espécie de nirvana. Tornava-se melancólica, impacientava-se com o transcorrer dos dias perdidos.

Há mais de duas horas Rodolfo olhava para as mãos espalmadas sobre a mesa. De repente levantou a cabeça e olhou-a nos olhos.

— Sabe – disse ele simplesmente — estou doido pra tomar um cafezinho.

Cacilda estremeceu. Estava justamente a pensar que dali a pouco teria de sair sob o chuvisqueiro para comprar alguns gêneros que lhe estavam faltando. A voz de Rodolfo em clara concreção soara-lhe como punção aguda penetrando por fissuras de seu pensamento.

— Mas...

O que era mesmo que precisava dizer? As mãos soltas no regaço reagiram à momentânea crispação e quedaram-se novamente a descansar, esquecidas dos tempos em que eram hábeis e capazes de mil realizações. Mas teria, então, em verdade, alguma coisa a dizer? Rodolfo continuava de olhos fixos nos seus, e eram dois olhos azuis que aguardavam, e era-lhe difícil agora saber exatamente o quê, num reduzido instante, parecera-lhe forçoso dizer.

— É que me deu vontade de fumar um cigarro, sabe.

De nítido, apenas o desconforto da ideia inconclusa e da inutilidade das palavras.

— Pois é, mas não tem pó de café em casa.

O sorriso de Rodolfo transpareceu tão-somente no brilho dos olhos, que se tornaram mais claros.

— Não faz mal. Eu posso muito bem deixar o cigarro pra outra hora.

Encolheu os braços, recolheu as mãos.

— Se você quiser...

— Não, não, nem pense mais nisso.

Rodolfo fixou-se então nas flores verdes da toalha branca, enquanto, pelo vão da porta, Cacilda podia ver os pingos do chuvisqueiro que encrespavam o cimento do quintal. E o chuvisqueiro por certo não passaria antes que se acabasse o mundo.

Domingo

tudo que fazem nesta casa parece mesmo de propósito pra me encher o saco no único dia que passo todo com eles nunca vi coisa mais estúpida do que fechar a janela por causa do trânsito a moça do tempo avisando quarenta e dois graus e o ventilador quebrado e a minha pele gruda no curvim do sofá e agora não sei onde foi parar meu isqueiro alguém pegou meu isqueiro? mas ninguém me responde porque estão fazendo a última pergunta ao candidato que pode ganhar um carro ou uma casa não sei direito porque estava dormindo a boca ainda amarga da cerveja e do almoço preciso fumar senão a tarde fica estragada quem foi que pegou meu isqueiro porra mas realmente estou sozinho nesta sala se fosse no escritório já tinha resolvido meu problema ainda bem que amanhã é segunda-feira deitado em cima? é verdade mas se o Júnior abrisse a janela talvez melhorasse olha só pois não é que o filho da puta ganhou o carro mas não sei pra que tanto escândalo se quem ganhou foi um cara que eles nunca viram na vida como se eles também ainda boto a Marta num internato que solta por aí com os peitos nascendo e as coxas à mostra é um perigo vaidosa como ela é se eu não compro um carro igual a este é porque vocês consomem tudo o que eu ganho e ela diz que sente vergonha das amigas e a mãe ainda apoia que eu devia exigir uma promoção pelo menos ela que nunca trabalhou na vida e nem imagina o que seja uma política de recursos humanos o senhor entende não entende? porque os demais tenha um pouco de paciência este fulano canta mas é muito mal não sei que tanto a meninada se liga nele até gente do escritório aquela secretária júnior mandou bilhete pedindo disco no dia de amigo secreto e o besta aqui todo empolgado mas podia ser sua filha eu pensava por isso que ainda boto a Marta num internato claro que depois de comprar um carro novo e renovar os móveis da casa o senhor tenha um pouco de paciência mas decerto um dia chega a minha vez precisando tomar um copo d'água quando eram menores quem vai buscar um copo d'água pro papai eles disputavam um pouco mais de paciência é duro aguentar este calor a sorte mesmo é que amanhã já é segunda-feira o dia todo ocupado a escrivaninha coberta de papéis que só eu entendo ou nenhures sem corpo que suportar completamente solto preciso perder uns quilinhos a secretária sempre diz o senhor precisa perder uns quilinhos e eu astucioso mas pra quê? e o sorriso dela é cheio de ambiguidades deste jogo em que ela se finge de caça dissimulada à espera de caçador e eu que não me atrevia a olhar duas vezes a mesma mulher me sinto um sátiro a correr solto pelos bosques ou nenhures melhor do que preso neste apartamento fechado até que já estava demorando agora eles começam a brigar o Júnior querendo ver o futebol e a Marta não quer mudar de canal na casa das minhas amigas um em cada quarto e os três me olham cobrando uma solução como se a política de recursos humanos o senhor entende não é mesmo? precisa ter um pouco mais de paciência você não toma nenhuma providência com estas crianças eles acabam se matando porque a mim eles não ouvem mais tá vendo só é isso que eu aguento sozinha a semana inteira vê se faz alguma coisa pelo amor de Deus a culpa não é minha se o escritório fica fechado aos domingos.

Elefante azul

O imenso dorso dobrado sobre a bacia de alumínio, dentro da qual, calada, prende meus pés cobertos de barro, ela me esconde os olhos úmidos e vermelhos, bem os vi há pouco, de relance, quando foi à porta me chamar e me recebeu resmungando contra a vida miserável que se leva por causa de crianças que passam o dia a chafurdar na terra do quintal. Não chegava a ser uma repreensão, me parece, aquela voz inusitadamente grave, talvez rouca, livre, entretanto, de qualquer aspereza, e a suavidade do gesto com que me fez entrar, embora o rosto esquivo, como se não me visse, apenas mais uma das sombras que, à noite, costumam vir esconder-se aqui dentro de casa.

É fraca, muito fraca mesmo, esta luz amarela que, silenciosa, desce do teto e escorrega pelas paredes nuas, ricocheteando sem alvoroço nos ângulos mais salientes de nossos parcos móveis de cozinha. Tão fraca que daqui mal distingo a cor da cristaleira e do elefante azul de tromba erguida e orelhas alceadas, inutilmente ten-

À SOMBRA DO CIPRESTE 43

tando fingir um aspecto selvagem que nunca teve ou terá, prisioneiro de sua imobilidade. Sobre a mesa, ao lado, os pratos emborcados e mudos são duas renúncias em que a luz finalmente pousa e se acomoda.

A vida miserável que se leva por causa de crianças que passam o dia a chafurdar na terra do quintal. Não sei se ela volta a resmungar, compelida pela necessidade de interromper tamanho silêncio, ou se é apenas o eco retornando de suas viagens. Me aguço por inteiro na ânsia de compreender e só consigo me sentir estúpido, tronco seco arrastado pela enxurrada. Também não ouso responder, enredado em fios que não enxergo, e me eriço, engatilhado, pois só disponho de reações físicas. O ritmo de sua respiração se altera, eu ouço, então me agarro às bordas da cadeira para manter os pés mergulhados na água e não atrair atenção alguma sobre mim. Suas mãos, excessivamente brancas, sobem e descem pelas minhas pernas, lentas, mãos em cujas conchas tantas vezes me protegi, subitamente trêmulas, hesitantes, adejando lívidas pouco acima das ondas. Tento concentrar-me na sensação ambígua que me causa o contato da água morna escorrendo-me pelas pernas, antes que se precipite ruidosa na superfície do mar encapelado onde a lua fraca, muito fraca, e amarela, se estilhaça em estrelas e se recompõe ao ritmo das mãos, que sobem e descem, lentamente. Por alguns momentos perco o sentido de mim mesmo e dos perigos amoitados nas sombras que passeiam livremente pela cozinha. Nada existe além do gorjeio prateado da água e destas mãos excessivamente brancas.

Percebo afinal que cessaram seus movimentos e me preparo para encará-la, para ouvir-lhe as revelações, mas ela continua dobrada sobre a bacia de alumínio, penedo imóvel sobre o abismo, o coque a esconder-lhe a nuca e o dorso imenso e frágil coberto de musgo. Como se não me visse, apenas mais uma das sombras que, à noite, costumam vir esconder-se aqui dentro de casa.

Neste estado de sustos e esperas tenho vivido as últimas horas, sem saber o que é, de fato, e o que me invento para tentar entender os significados. Desde hoje cedo, quando acordei para mergulhar num pesadelo: seus gritos e ameaças, seus rancores expostos qual feridas negras. Interromperam-se para me poupar, talvez, quem sabe apenas para recompor as forças e os argumentos. Mas foi de pouca duração a trégua provocada por minha presença. Trégua precária: os semblantes não se desarmaram. Mastigava ainda restos de pão quando ele me levou até a porta, vai pra rua, vai, meu filho.

Entendo o significado da pressão de seus dedos e retiro os pés da água. Seu dorso de baleia se move e espero que agora ela me encare, que me mostre o rosto onde posso adivinhar vestígios de sua noite escura. Nada acontece, entretanto, a não ser que ela me envolve pernas e pés com uma toalha macia, me aperta contra o peito, e assim fica, por muito tempo, talvez sem coragem para o gesto seguinte.

Gostaria de ficar assim aninhado indefinidamente, sem passado ou futuro, sem pensamentos, neste conforto de penumbra e calor. Mas então ela me larga sobre a cadeira, meus pés já secos dependurados, e ergue-se, subitamente resoluta, carregando na direção da janela aberta as verberações efêmeras deste oceano que por alguns instantes me fascinara. Tudo tão rápido que mal tenho tempo de perceber que a água da bacia está salgada.

Estátua de barro

Fixou a touceira onde a caça estava escondida. Só folhas, só silêncio e folhas empastadas de sombra. Mas, detrás das folhas, através das manchas pressentia o vulto arquejante da caça. Compadeceu-se daquele ser em pânico, à espera de uma oportunidade para prosseguir fugindo.

LYGIA FAGUNDES TELLES, *A caçada.*

No fundo do espelho, entre taças de cristal e xícaras de porcelana, o olhar de soslaio, severo, inspeciona a pose. Retoca. Este queixo, um pouco mais erguido, excelso, quem sabe, apontando para o horizonte, o espaço das aventuras. Assim. A sobrancelha esquerda, arqueada, assimétrica como um ponto de interrogação, talvez uma dúvida; e os lábios, ah! os lábios, mais firmes, entre cínicos e imperiosos, sem esta lassidão úmida de adolescente. Pronto, só faltava agora um bigode como o dele. Farto, dominador.

Preso entre os dedos, o cigarro aceso sobe até a boca apenas entreaberta, e a fumaça envolve-lhe a cabeça, em torvelinho, até dissipar-se, esgarçada, na lâmina de sol que penetra no aposento através da cortina deflorada e onde minúsculos pontos luminosos gravitam sem peso.

Reabre os olhos machucados pela fumaça, examinando-se, e descobre que, apesar das lágrimas, e do susto, levara sua experiência ao limiar de uma vitória. Recompõe-se. Fascinado pelo som marcial dos próprios passos, dá uma volta em torno da mesa, estufa o peito, ergue os ombros, tenta preencher os vazios que lhe impõe a idade. Um pouco largo, sobretudo nos ombros, o paletó exala um cheiro agridoce: os suores da vida, fumaças (noturnas?), perfumes proibidos. Leve tontura ao tirá-lo ainda há pouco e furtivamente do guarda-roupa dos pais – arca sagrada – e vesti-lo sobre o pijama, excitado pelo cheiro intenso e o sentimento da violação. Sente-lhe agora o peso de armadura, muito mais das histórias que já testemunhou e esconde do que da casimira inglesa de que foi confeccionado. Para outra vez na frente da cristaleira e, com a mão direita espalmada, quase trêmula, afaga a lapela, onde coloca um cravo imaginário.

Senta-se à cabeceira da mesa de mogno, lugar do patriarca, o cigarro simuladamente esquecido em um canto da boca e o ar compenetrado de quem não se ocupa mais de pequenos vícios, assim como os heróis do faroeste que vê na televisão. Sufocado, porém, não resiste por muito tempo ao desconforto. No banheiro da escola, um dos pirralhos de vigia na porta, ninguém senão o Leonardo – olheiras profundas, sorriso sarcástico e histórias escabrosas – conseguia fumar assim, sem o auxílio das mãos. A tosse irrompe incontrolável e as duas mãos se cruzam violentas afastando a fumaça e desfazendo a estátua recém-composta no espelho. Quando abre por fim os olhos, a pureza do ar restabelecida, sente um vazio no estômago, esta sensação de se estar a ponto de desertar do próprio corpo sem ter onde se refugiar: da porta inexplicavelmente aberta, descobre que o pai o observa – olhar em chamas – mas não sabe há quanto tempo. Tenta inutilmente esconder o cigarro. Inutilmente, pois já não tem o comando dos dedos, de nenhum centímetro do corpo, muito menos dos dedos. Também não consegue virar o rosto, apagar a paisagem enquadrada na porta: seu corpo imenso, feito de sombra e névoa. Toda vez que atravessava a praça – caminho da escola – a mesma vertigem ao passar olhando o duque enorme montado em seu corcel, com a espada erguida comandando o ataque. Quando as nuvens, no alto, serviam-lhe de fundo, então, tornava-se maior a certeza de que ele se movia, de que poderia precipitar-se daquela altura a qualquer momento para esmagá-lo. Sentia-se aterrorizado, mas não conseguia evitar o caminho nem o olhar. Não sabe se o cigarro continua a consumir-se nem tem coragem para conferir. O paletó está muito quente, o sol que penetra por uma frincha da cortina incendeia o ar da copa. Sozinho em casa, nem a mãe nem os irmãos que aparecessem para acordá-lo do pesadelo. No tempo congelado, em que mesmo a tênue escada azul de fumaça já não leva a lugar algum, ele espera, mas parece que entrou numa cena de caça de uma tapeçaria antiga em que o caçador, de arco retesado, aponta para um touceira espessa. O tempo esmaece o verde do bosque, o chapéu do caçador perde o brilho, mas lá está ele, apontando para um coelho amedrontado. Se o vento, se pelo menos o vento levantasse uma ponta da cortina cor de palha. Poderia ser o fim, mas também poderia ser o sinal de que chegara o momento da fuga.

Não se dá perfeita conta do que acontece ao levantar-se de um salto, derrubando a cadeira onde estivera sentado e interrompendo no ar o punho fechado. E ainda encara?, ele repete entre dentes, tem coragem de ficar encarando? Sem tempo ou coragem para dizer que não, que apenas não tem força para desviar os olhos. Ao aparar com a mão livre o segundo golpe, tropeçam ambos na cadeira caída e rolam no chão, esmagando o cigarro aceso e mergulhando na pequena lagoa de claridade que o sol desenha no assoalho. Alguma coisa se quebra: em seu peito ou nos bolsos do paletó. Os rostos se aproximam e se afastam, mudamente. O mesmo cheiro, agora mais forte, mais vivo, o mesmo cheiro do paletó. O esforço do pai para libertar os pulsos aprisionados dilata-lhe as narinas e as veias do pescoço. Há quanto tempo não vê assim de perto este rosto? Não se lembra mais de algum dia ter visto estas asperezas na pele, estes fios brancos no bigode.

Mera tentativa frustrada de resolver o mistério da caça e do caçador, ambos presos em uma tapeçaria antiga, coberta de poeira, que o tempo descolore mas não liberta. A respiração ofegante se acalma e, em suas mãos vigorosas, apenas dois pulsos inusitadamente frágeis e sem resistência. Ao levantar-se, prefere não se voltar mais para o espelho da cristaleira, pois percebe aterrado que todas as estátuas são feitas do mesmo barro.

Guirlandas e grinaldas: a brisa

Tinham acabado de finalmente sair, bando barulhento, os últimos moradores da pensão. Sozinho à mesa, olhar morto, cansado, Rogério remexeu-se na cadeira desconfortável, incomodado subitamente com o silêncio que, ainda há pouco, enquanto espocavam alegremente gargalhadas e garrafas de champanha em sua volta, tinha desejado com sofrida e feroz irritação. Saíram em grupos animados, muito cristãos, para a missa do galo da catedral, ali perto, pouco além das janelas altas da frente. De mãos dadas, alguns, outros abraçados. Felizes: para bem longe rixas e antigas desavenças, tomados, de repente, pela crença de que o milagre estava prestes a consumar-se. Insistiram muito, os coitados, para que ele fosse também, demonstração de que os perdoava. Mais que todos, insistiu Henrique, o pai das duas menininhas loiras. Porque um dia, na porta de seu quarto: sua bichana balofa. Razão qualquer, a da ofensa, provavelmente coisa à toa, de que nem se lembrava mais. Claro que os perdoava, pois enfim, era aquele o

À SOMBRA DO CIPRESTE 53

dia. Depois da meia-noite o mundo seria outro: fazia algum tempo que vinha notando os preparativos. Vestígio nenhum, portanto, de vindita em sua decisão de ficar: precisão inadiável, apenas, de observar sozinho o escoar do tempo, de sozinho respirar a aragem daquela bondade prometida e tão ansiosamente esperada nos últimos dias. À meia-noite ela desceria sobre a cidade.

Nunca assim tão iluminada, a sala de jantar de dona Hermínia, nem tão festiva, com as grinaldas de rosas pendentes do teto, e os ramalhetes de flores guarnecendo os cantos. Ao chegar do banco, logo depois do meio-dia, Rogério encontrou a mulher do sargento e uma das empregadas da casa esfolando-se nos aprestos da decoração. As lanternas chinesas, parece que alguém as tinha trazido do Paraguai, um toque de delicadeza imitando arandelas nas paredes. A guirlanda com ramos e frutos naturais, presente de Rogério a dona Hermínia. As duas velhinhas do quarto da frente, as irmãs Laura e Lóris, as únicas de quem nunca tivera a menor queixa, entraram com o pinheirinho, os cordões de prata, as lâmpadas em forma de velas e as bolas de vidro. A festa familiar e íntima de um povo sem raiz, sua despedida e preparação.

A cidade, desde cedo, já dava sinais evidentes de que qualquer coisa se aproximava. Nem todos sabiam, mas todos esperavam. As pessoas se cruzavam sorrindo nas calçadas, corteses, cumprimentando-se, alguns, e desejando-se felicidade. Gente a quem Rogério nunca vira, nada mais que incógnitos transeuntes: a cidade, agora, uma imensa família. Era de seus cumprimentos e sorrisos que Rogério tirava aquela certeza de que não passaria da meia-noite. Umas ruas por onde passava todos os dias, apenas no cumprimento de sua rotina, seu roteiro, o itinerário obrigatório, sem nunca ter percebido nelas nada de especial, já estavam diferentes como promessas inesperadas − grinaldas e guirlandas, fitas coloridas.

A vendedora da loja em que entrou, no caminho da pensão, abordou-o com um sorriso fresco e úmido à guisa de crachá. Um sorriso encarnado. Ele até que gostaria de ficar por ali, despercebido, escolhendo sem pressa, mas ela não o largou, solícita. Quando é pra mim, você entende?... Difícil escolher qualquer coisa assim pressionado: sexo, idade, ah, viúva!, condição social, tendência estética, olhe, tenho uma sugestão que o senhor vai ver, impossível que não agrade etc. O interesse da moça pareceu-lhe tão verdadeiro que até seu sorriso deixou de ser aquela obrigação da funcionária e conseguiu esconder-lhe o cansaço que o excessivo movimento daquela manhã vinha causando. Talvez estivesse enganado, quem sabe, mas pareceu-lhe que ela o espiava com certo ar de cumplicidade: ela também esperava por aquele momento. Então entregou-se a seus cuidados. Se fosse, entretanto, uma simpatia profissional, tão-somente, que diabo, quanta falta de uma atenção, a vida toda, profissional que fosse, não seria

À SOMBRA DO CIPRESTE 55

menos simpatia por isso. Já na pensão, depois da entrega dos presentes de amigo secreto, copeiras e cozinheiras saíram também em companhia dos pensionistas para a missa, uma cena que o comoveu: a comunhão. Pena que tivessem deixado sobre as mesas uma paisagem tão repugnante, uma paisagem que lhe fazia mal. As mesas todas atravancadas de restos, pratos e talheres sujos, bagaços e cascas de frutas, garrafas vazias e pedaços de aves lambuzados de gordura. Ah! aquilo o deixava bastante nauseado. Perdera o controle, certo, comendo mais do que devia. E tinha exagerado um pouco, também, no champanha. Mas seria a última vez, jurou convicto, porque seu coração fora assaltado pela esperança de que no dia seguinte o mundo já seria outro, bem diferente.

Em casa, na escola, na igreja, em toda parte havia sempre alguém ensinando que um dia a bondade desceria de uma nuvem e se instalaria definitivamente sobre a Terra, e que ela, então, emanando uma fragrância divina, seria outra, bem diferente. Poucos eram aqueles que pressentiam o que aconteceria. Seus pais não perdiam oportunidade de ameaçar: assim você nunca vai sentir coisa nenhuma. Sua mãe, principalmente. Quando lhe perguntavam, instantemente, ele dizia que sim, que sentia, mas depois ardia em dúvidas, sem saber se era aquilo mesmo de que falavam. Algumas pessoas respeitáveis diziam que desceria de uma nuvem, durante a missa do galo, outras, tão respeitáveis quanto as primeiras, discordavam daquelas, afirmando que sairia do povo, do meio do povo, em lugar e hora que ninguém poderia esperar. O Teodoro foi a primeira pessoa a dizer-lhe: isso tudo é uma puta besteira. Estavam sentados atrás do muro da escola e Rogério, assustado, dizia que não, que do alto alguém tudo podia ver. Ele respondeu, então, que tudo aquilo era uma puta besteira. Ouvindo tamanha blasfêmia, Rogério sentiu uma morte amarga e antiga entrando por sua boca aberta. Medonha. Passou um mês escondendo-se em cantos escuros, fugindo do olhar de adultos conhecidos, seus olhos assombrados e febris: parecia que a marca do Teodoro estava tatuada em seu rosto. Então, um dia, cansado de fugir, voltou a sentar-se atrás do muro. Quando menos você estiver esperando, disse-lhe uma vez o padre, ele desce. E Rogério gelou num desmaio de medo.

No início de dezembro, começou a desconfiar do quanto estivera errado ao duvidar. Nos enfeites das ruas, nas vitrinas das lojas, no sorriso das pessoas, em tudo as promessas pelas quais ansiosamente viera esperando por quase toda sua vida.

Nem as janelas inteiramente abertas aliviavam-no do calor. Sentia-se mal, pesado, sem o alívio que esperava do silêncio. E o suor, umedecendo-lhe o cabelo na nuca, encharcando-lhe cada centímetro da roupa e do corpo, era um desconforto difícil de suportar. Sentia-se desmanchar como rímel em rosto de prostituta. Tivesse mais tempo, tomaria uma ducha fria. Mas faltavam menos de dez minutos para que fosse o dia seguinte, e ele precisava trancar-se no quarto, esperando a passagem. Um sal de fruta, que fosse, mas nem isso, e o mundo era um veleiro com o mastro a oscilar. Os quartos todos trancados, no escuro, sem fazer barulho nenhum, concentrados. Hóspedes e hospedeiros, todos na catedral. Sozinho, naquele casarão, como jamais estivera, mas no coração a brisa macia da esperança. Abriu a porta e, trêmulo, sentindo uma ansiedade sem explicação, entrou no quarto. O ambiente estava ainda mais abafado do que na sala de jantar e seu desconforto só aumentou. Mas já se podiam ouvir os foguetes, que esparsamente espocavam nos bairros mais afastados e, de terno, como estava, jogou-se na cama. Logo depois o carrilhão da catedral anunciou a meia-noite e ele pôde ouvir, como se ali, dentro do quarto, o foguetório do centro da cidade e os fervorosos hinos de louvor entoados pelos fiéis. Os lençóis estavam encharcados: em êxtase, não sentiu mais o corpo.

Escondidos pelo mato e pelo muro da escola, o Teodoro havia dito:

— Isso tudo é uma puta besteira.

Mas o que é então verdade?

Não chegou a sentir a brisa prometida: adormeceu antes.

Quando acordou, manhã a meio, ouvindo gargalhadas no quarto dos estudantes, do outro lado da parede, pulou furioso da cama, por causa da roupa amassada, do gosto amargo na boca, e por causa das gargalhadas. Não gostava do olhar escarninho com que eles o encaravam. Tirou o paletó e a camisa, pegou uma toalha de banho e saiu. Só então se lembrou das circunstâncias em que tinha adormecido. O banheiro ficava no fim do corredor e antes de chegar à metade do caminho quase foi atropelado pelas filhas do Henrique, as duas na inauguração de seus patins barulhentos. E pareceu-lhe que arremeteram contra ele de propósito, para assustá-lo, pois de longe ainda lhe faziam caretas, mostrando a língua e gesticulando obscenidades com as duas mãos.

A pensão toda certamente já havia desfilado pelo banheiro, o piso, àquela hora, alagado e sujo. Pior que aquilo, entretanto, foi perceber que a família do sargento continuava urinando fora do vaso, como era público e insolúvel. Não fosse a premência de um banho, ali mesmo da porta ele teria voltado. O cheiro de amoníaco, o mesmo de sempre, invadiu suas narinas, sufocante.

Moça debaixo da chuva:
os ínvios caminhos

Uma rua tão melancólica e metalúrgica, tão ocupada com o volume de sua produção industrial que, distraída, parecia há muito ter esquecido no abandono a própria aparência: charme nenhum. Uma rua de paredes sujas e de reboco carcomido, no alto das quais, já perto do beiral, apareciam ridiculamente inúteis algumas janelas estreitas, como se Deus e seus anjos precisassem daquilo para espiar o interior dos galpões que se escondiam para além das paredes e onde pessoas sujas de carvão faziam gestos cujos significados não alcançavam.

Eu caminhava apressado e descontente, olhando às vezes para o céu com a sensação de que tinha caído numa armadilha de onde não conseguiria escapar jamais. O céu que me restava era apenas uma estreita faixa cinzenta de nuvens que se moviam sem direção definida, mas de maneira mais ou menos frenética. Só nós dois, o vento e eu, passávamos pela rua àquela hora da tarde. Sobre o vento, sei que é de seu desti-

À SOMBRA DO CIPRESTE 61

no às vezes varrer as ruas. Quanto a mim, não consigo me lembrar do que fazia por lá: o lugar parecia não ter afinidade alguma comigo. Lembro-me, entretanto, de que o céu estava escuro e baixo, como a tampa cinza de um alçapão, quando o vento, encanando por aquele desfiladeiro, levantou poeira tamanha que me vi forçado a proteger os olhos com as mãos. Com a poeira, alçou voo uma folha de jornal cujas manchetes amarfanhadas gritavam que a chuva era iminente e, além de gritarem, embaraçavam-me as pernas que tentavam correr em busca de abrigo.

Os primeiros pingos da chuva eu os ouvi na pureza de sua individualidade: alguns pesados, líquidos e sonorosos, pérolas que se espatifavam ao cair, e caindo levantavam o pó do passeio. Apenas os primeiros, porque em seguida desabou o aguaceiro de pingos homogêneos, massa contínua de sons sem identidade: água jorrada. Não me alcançou, pois começou a cair exatamente na hora em que cheguei à esquina e saltei para dentro do bar, feliz ainda por ter podido escapar.

Depois de tomar o primeiro copo da cerveja que me justificava no interior do bar, voltei à porta para matar um pouco daquele tempo agora inútil, mas também para ver a chuva caindo – aquele modo estrepitoso de cair. Foi então que deslumbrado a vi: colada à parede suja e de reboco carcomido, no outro lado da rua, ela tentava proteger a cabeça com um jornal aberto ao meio, e o peito, com a mão esquerda espalmada. Seu vestido azul, seco ainda, tremulava ao vento sem temer o escândalo de seu gesto nervoso.

Inteiramente ocupada com sua proteção, a moça, para que me percebesse exposto na porta do bar, a observá-la. Parecia sentir-se muito desconfortável naquela faixa estreita onde a chuva ainda não tinha chegado.

Equilibrava-se, por vezes, nas pontas dos pés, numa coreografia assimétrica e de equilíbrio quase impossível, como se quisesse entrar na parede, a mão esquerda sem dar conta de todas as regiões a proteger, a direita segurando ainda um jornal dobrado sobre a cabeça.

Antes mesmo de que me olhasse, ensaiei vários gestos à guisa de aceno, mas, quando me olhou (Meu Deus, de onde aqueles olhos entre doces e assustados, aquela mesma boca rasgada de lábios carnudos, a testa altiva e os cabelos caindo sobre os ombros, de onde?), perturbado, não arrisquei aceno algum, temeroso de espantá-la com minha ousadia. Ela me encarou, e seu jeito de me encarar era um pedido de socorro: seu vestido azul, marcas da chuva, grudara-se-lhe nas pernas, deixando de gesticular.

Com duas rajadas oblíquas do vento, a chuva engrossou ainda mais, encurralando a moça, cujas mãos já não protegiam coisa alguma.

Na sarjeta, um córrego de águas barrentas arrastava impetuoso uma caixa de papelão com que eu brincara de barco. Fiquei atento ao modo como ela era arrastada. Havia uma espécie de desespero naquele rolar

À SOMBRA DO CIPRESTE 63

silencioso e sem resistência. Alguns passos à frente, escancarada, a boca de lobo a esperava. No fim do quarteirão, meus primos me chamavam, mas eu não conseguia sair do lugar. Era uma luta em que eu me envolvera, em que me envolveria a vida inteira. Joguei todas as minhas esperanças no momento em que a caixa chegasse àquela boca escura: sua última oportunidade. Não demorou quase nada para que isso acontecesse. De repente, a caixa tornou-se magnífica em sua muda resistência. Ela cresceu ao pressentir o perigo. Ergueuse, altaneira, as mãos e os pés fincados nas bordas, recusando-se a aceitar passivamente o próprio fim. A água insistiu violenta, brutal, mas a caixa, apesar de trêmula, não arredava pé, não se movia. Houve um instante de alegria, em meu peito – o vislumbre de uma possibilidade, se bem que remota, de ver derrotada a força bruta. Mas o córrego estufou por baixo da espuma escura, preparou-se com a paciência dos que têm a certeza da vitória e arrojou-se, finalmente, contra seu obstáculo. A caixa dobrou-se ao meio, aflita, e desapareceu. Mais uma vez. Por que mais uma vez, por que sempre assim?

Nossas decepções cruzaram-se no ar, seus olhos e seus cabelos inundados de chuva e tristeza.

Finalmente, percebendo que o aguaceiro aumentava, arrisquei um gesto, ainda que tímido, convidando-a para o abrigo do bar. A água descia-lhe pelo rosto, penetrava caudalosa no decote do vestido azul, perdia-se nas profundezas de seu corpo, que lentamente ia perdendo qualquer nitidez, mancha assimétrica colada em uma parede. Em pouco tempo a água já conseguira apagar seus lindos olhos negros, transformando a boca de lábios carnudos em um risco arroxeado, deformando testa e queixo, embrutecendo o que ainda há pouco era delicadeza e harmonia.

A sarjeta já sumira, e a ilha em que a moça a custo se mantinha diminuía rapidamente. Eu me preparava para providenciar algum meio de salvá-la quando parou, em sua frente, um ônibus escuro e vazio que a roubou de minha visão.

Aproveitei para encher o copo de cerveja e, justo na hora em que me voltei, vi que o ônibus arrancava furioso, levantando água, inundando o passeio. A chuva cessava e o sol, pressuroso, começava a empurrar as nuvens para o horizonte, para trás dos prédios mais altos. O último copo de cerveja chegava ao fim. Olhei para fora e, no outro lado da rua, vi apenas uma parede encharcada e de reboco arruinado. Bem no alto, um palmo abaixo do beiral, umas janelas estreitas e ridiculamente inúteis, por onde o sol espiava o interior daqueles galpões que ficavam para além das paredes e onde homens sujos de carvão não conseguiam entender seus próprios gestos.

No dorso do granito

Da tarde não resta mais que uma claridade leitosa no céu pêssego-maduro, um céu largo pairando por cima das árvores, por cima de Solano, que, olhando para o alto, testa enrugada, perde a vontade de estar contente porque tarde assim lhe parece perigosa, mensageira de desgraça. Arranca uma haste de capim para ter o que morder pois não gosta daquele céu parado. Chegara com o sol morrendo, claridade suficiente ainda, entretanto, para um exame do lugar: seu dever, como sabe, e hábito seu. Não pode estar errado. O imenso elefante de granito escuro imerso na sombra compacta de uns açoita-cavalos, o barranco de dois metros de altura despenhadeiro sobre a estrada, a pequena sebe natural, de macegas e vassourinhas a esconder dos passantes o dorso de pedra. Fechando a retaguarda, uns pés inexplicáveis de bananeiras. Pequenas diferenças com o que vinha imaginando, mas todos os detalhes encaixados no que lhe fora descrito.

Para além da estrada, cruzando a cerca, desce um descampado que se estende até o pé do morro e termina num capão escuro. Nenhum movimento por ali, nada que possa ter vida senão, talvez, alguns seres miúdos, desses que rastejam sem altura, anonimamente. Nada que se mova, à vista: o mundo imobilizado, de respiração presa. Solano bate uma das mãos no bolso da jaqueta de couro, o que pode ainda estar faltando?, caminha um pouco, apreciando a competência com que suas botas vão à frente farejando a terra esturricada, espia os arredores, monta no dorso da pedra e acende o primeiro cigarro. Tudo certo: agora é só esperar.

São os melhores momentos de sua vida, estes, quando, sentado à espera, sem nada a fazer, solta a fumaça do cigarro lentamente e acompanha com olhar de menino sua subida azul espiralada. Já ficou parado, vendo passar o tempo, de muitas maneiras, mas a única que o comove todas as vezes é esta: o Sol desaparecendo. Molha os lábios com a língua. Estaria bem melhor não fosse o calor. Solano limpa o suor da testa na manga da camisa. Coisa de légua e meia para trás, atravessara um córrego fundo, de água bonita, remansosa. Água de uma cor fria por conta das sombras de vimes e salgueiros mergulhando os braços até alcançar com os dedos o leito lodoso do ribeirão: os cotovelos molhados. Frescor de água, silenciosa, mas a um estirão de desanimar, mesmo para uma garganta pegando fogo. Deveria ter trazido um cantil, qualquer vasilha, como sempre

faz, mas tinha sido uma proposta inesperadamente caída do céu, que não poderia recusar: finalmente sua vez.
Então, com toda aquela correria, não tivera tempo dos
arranjos necessários. Não fosse a penumbra do cre-
púsculo, talvez ainda pudesse encontrar algum poço
abandonado pelas vizinhanças, o lugar com vestígios
de antiga habitação – uma tapera: as bananeiras, uns
restos de tijolos e um pedaço de louça branca, algum
prato quebrado, vistos na chegada. O Sol, no entanto, já afagava as copas desgrenhadas no alto do outeiro
fronteiriço.

Risco preto silencioso, raio sem brilho, um curian-
go fere o céu – nesga de azul luminoso enquadrado
entre copas de árvores – e pousa na estrada. Solano,
subitamente assustado, leva a mão ao peito e apalpa o
maço de cigarros no bolso da camisa. Cá está ele, companheiro. Confere o bolso da jaqueta: não passa sem
um maço de reserva. Seu medo, quando é mandado
para esses ermos do mundo a muitas léguas da venda
mais próxima, é ficar sem cigarro. Sobretudo à noite.
À mesa: encher o pandulho de vagabundo nenhum.
Mal sabia o pai que já naquela época a mãe furtivamente lhe passava as moedas com que comprava seus primeiros maços de cigarro. Vida como a de vocês, essa
que pra mim não quero. Só espero minha vez.

O céu, então, escurece de repente, sem transição,
e duas estrelas, das pequenas, aparecem piscando na
superfície translúcida: Solano acaba de transpor o

À SOMBRA DO CIPRESTE 69

limite entre dia e noite. E isso o inquieta. E assusta. Num salto, fôlego suspenso, o corpo rígido dilacera a superfície do rio. Dia, noite, os ventos e a chuva: sem comando de qualquer ser humano – nem os mais poderosos da Terra, nem os maiores fazendeiros do mundo. Seu respeito místico pelos fenômenos da natureza, que ele não entende, é incômodo como um medo. Melhor lidar com fraqueza de gente. O medo é um verme fedorento que mora dentro dele, que sobe até a garganta depois desce até os intestinos. Às vezes, ele sente o bicho se movendo, faminto, roendo tudo que cai de bom no vazio do seu corpo, lambendo seu coração com língua de lixa. Nestas horas chega a sofrer uns repuxos no peito, saudade da mãe, e do pai também, mas principalmente da mãe, que lhe passava sorrateira aquelas moedas. Com o pai, à mesa, não tinha como ficar, porque ele repetia aquela história de encher o bucho de marmanjo. Mesmo assim, às vezes, sentia vontade de voltar a viver com eles, naquele sossego deles e com aquela mesma falta de qualquer resto de esperança. Agora, entretanto, não tem mais por que esperar. Amanhã de manhã vai receber o pagamento. Uma prova qualquer (os músculos de seu rosto repuxam) e recebe o combinado. Porque levar a vida que o pai sempre levou, de sol a sol na roça, todos os dias do ano, pra não ter mais do que a comida, de cada dia, ah, isso é que não, melhor ter as vísceras corroídas por este verme fedorento.

À mesa, depois de um dia abafado e úmido como hoje, seu pai, furioso, e é justo um velho ficar enchendo o pandulho de um vagabundo?, a conversa difícil naquela idade, mastigada com a comida intragável. Solano sacode a cabeça, preso entre os dentes um sorriso sardônico, e arroja para a estrada o toco aceso do cigarro. Não que seja um trabalho prazeroso: a náusea inevitável à vista da morte, o desconforto estético de ver um corpo humano inerme e frio. Mas era sua oportunidade, talvez a única. Talvez a última. A brasa vermelha descreve uma parábola ampla e lenta, desmanchando-se em centenas de fagulhas contra a sebe de vassourinha e macega. O mundo se alegra, por um instante – pequeno espetáculo fulgente, que a noite trata, pressurosa, de devorar e esconder em seu ventre imundo e escuro.

Solano sente na cara a virada do vento. É de repente e de maneira imprevista, depois de uma longa pausa de vazio absoluto. Ruído nenhum, nenhum movimento. Galhos e folhas – rebarbas de uma estátua negra – totalmente imóveis, sem respiração. Então chega este vento morno, saído quem sabe das entranhas do planeta, arroto da terra, um vento com cheiro de enxofre, quente e áspero. Amanhã mesmo, seu vagabundo, amanhã mesmo. Nem um minuto a mais. Na roça ou na estrada. Ele, seu pai avelhantado, o corpo roído pelas traças, alquebrado pelo trabalho. Ele, um homem com um dos pés na outra margem de seus limites, por isso mesmo desesperado. Um vento assim, pensa Solano, e, sem mexer a cabeça, revira os olhos tentando decifrar o código deste vento, um vento assim não traz boas notícias. Espera com paciência e preso à pedra que o vento passe. Então começa a ajeitar meticulosamente seus teréns sobre o dorso áspero e irregular. Estende primeiro um lenço e sobre ele vai dispondo lado a lado os apetrechos que deve manter ao alcance da mão. Não de comerem juntos, o conhecimento, nem de dirigir a palavra, mas de passagem, meio de longe, os cumprimentos, e o suficiente para que já sinta muita dificuldade no serviço. Puxar gatilho é o de menos: o mais simples. A distância ajuda. A noite também. Acerta um vulto. Alguns amigos, que a bala em chegando e acertando o alvo provoca um coice no ombro, avisando. Muitas vezes puxara o gatilho com vontade de sentir aquele coice, uma coisa vantajosa, um truque sabido por pouca gente. Jamais conseguira. O pior, no trabalho encomendado, não é puxar o gatilho e ver o alvo tombar de toda sua altura. O pior é depois chegar perto, ver o rosto conhecido ainda com as marcas da vida que foge devagarinho, e arrumar uma prova da execução do serviço. Tudo isso é bem mais fácil se o fulano é visto pela primeira vez, não tem um nome, uma casa, não tem uma história. Bate a mão nos bolsos da blusa, agitado, o que mais pode estar faltando? A melhor solução: comprar uma fazendola bem longe, esconso do mundo, e levar junto os dois velhos — apesar de tudo.

Sua mãe, no sossego, ajudando a criar os netos. O pai, vagabundeando de pandulho cheio.

Quando a lua se desprende dos galhos do mais alto açoita-cavalo e põe-se no céu a flutuar, Solano abre todos os sentidos, engatilhado e tenso, a partir de agora a qualquer momento. Na boca uma saliva amarga que ele não sabe bem se da fome que o acompanha desde que chegou ou se do medo que precisa subjugar e engolir. É justo, ele repetia sem coragem de encarar ninguém, é justo um velho como eu. Agora, então, decerto muito mais acabado. Tantos anos já. A posição começa a parecer cansativa. Solano estira as pernas: não sabe quanto tempo terá de esperar.

Antes de espichar o corpo sobre o dorso do granito – descansava um pouco, mas de olhos abertos – confere com as pontas dos dedos seus apetrechos perfilados e de prontidão. Os olhos abertos não seguram os pensamentos, que, em bando, refazem percursos de sua vida. Quando o sono desce das copas escuras como carícia de plumas e fecha seus olhos, Solano deita sobre o lado direito, dobra os joelhos e ensaia um sorriso que não chega a transpor os lábios ressecados. Então ajeita-se melhor, adaptando o corpo à superfície áspera e irregular, arruma o chapéu debaixo da cabeça e pisca prolongado.

Quando abre novamente os olhos, o sol o ofusca, os galhos de vassourinha abanam ainda, tocados de leve pela brisa matinal.

À SOMBRA DO CIPRESTE 73

O banquete

Atraído pela melodia, Gregor foi-se arrastando para a frente, e encompridou a cabeça para dentro da sala.

FRANZ KAFKA, *A metamorfose.*

A Sra. Hennebeau, muito pálida, cheia de ódio contra aquela gentalha que estragava um dos seus prazeres, mantinha-se atrás, lançando olhares oblíquos e enojados, enquanto Lucie e Jeane, apesar de trêmulas, espiavam por uma fresta, não querendo perder nada do espetáculo.

ÉMILE ZOLA, *Germinal.*

Ocupados, todos, com os prazeres da boa mesa e com o alegre exercício da conversação, ninguém, exceto Bia, percebe aquele vulto impreciso a deslizar lenta e silenciosamente para a sombra que o armário projeta no corredor. Ela assiste a toda a manobra, pasma, e seus olhos anoitecidos, adejando ao redor da mesa, movediços, sem se fixar em nenhum dos comensais, tentam dissimular o espanto. Sensação de frio nas mãos e na testa, cobertas por fina camada de suor. A conversa dos convidados vai-se tornando um rumor distante, indecifrável. Apenas um rumor. Bia deixa momentaneamente de mastigar – os lábios finos e roxos mortos de tão parados.

Cheio de mesuras e protocolos, ao chegar, este desembargador Aristides Aleixo, exageradamente formal para quem está na iminência de se tornar compadre, e agora, depois de algumas taças de vinho, descontrai-se e começa a contar suas anedotas, trovejante como nos tempos de tribunal do júri. Tenta reter o olhar de Bia, com insistência mas sem sucesso, porque ela está distraída; não interrompe, entretanto, sua história, só porque a dona da casa parece preocupada com outros problemas. A anfitriã, do fundo de sua exasperação, recolhe, entre pratos, travessas e terrinas, sobre a mesa, alguma coisa como padre e confessionário, sem lhe alcançar o enredo. Bem conhece, no entanto, esse tipo de gracejo iconoclasta, que os de sua idade consideravam privilégio de sua geração: quase todos, na juventude, livres-pensadores. Acha que não fica bem, todavia, a um homem com sua posição, contar, à mesa, anedotas picantes, como se estivessem no salão de uma taverna. Sobretudo pelas personagens sagradas que envolvem e que não se devem desrespeitar. Herança ibérica, pensa, este vezo escarninho. Mesmo assim, procura demonstrar interesse (modo de agradar ao pai do futuro genro) sem conseguir: além da porta, imerso nas sombras do corredor, o idiota, imóvel, ameaça a noite com seu sorriso flácido, meio torto e úmido.

Quando, por fim, todos começam a rir, Bia olha para trás, esconde a seriedade no bojo das mãos, disfarça, pois já sabe que não poderá imitar os demais e teme parecer ridícula. Na verdade, não sabe o que foi feito do padre nem do confessionário. Enxuga discretamente, no guardanapo, o suor do rosto que lhe ficou nas mãos. Talvez não haja motivo para sustos: encoberto pela sombra, o fardo de sua vida pode muito bem passar despercebido.

Retoma suas funções de anfitriã, dirigindo os principais movimentos que acontecem à mesa e providenciando para que nada falte aos convidados. A maré das conversas ora flui ora reflui, caótica, formando vários grupos pequenos, por vezes, para depois integrar a todos novamente em um único e grande grupo. Não chega a estar feliz, mas já se sente bem mais confortável. A ideia de que provavelmente o estorvo não seja notado pelos outros a tranquiliza. Graças a Deus, suspira, tudo não passara de um susto de uns poucos minutos. A conversação retorna ao caminho plano e largo das amenidades, depois da grosseria do desembargador. Ela se deixa embalar por risos discretos e tinir de talheres, símbolos da felicidade que mais preza: companhia dos amigos e mesa farta. Feliz? Não, nem tanto, mas satisfeita com o ágape, em cuja preparação empregara todo o requinte exigido por sua condição social.

O sorriso, entretanto, lhe cai dos lábios, gelado e duro, ao ver os olhos aflitos com que a filha tenta preveni-la do perigo. Bia descobre, alarmada, que ele, o cansaço da vida inteira, a despeito de todas as recomendações e ameaças, já está escapando da sombra, a um passo da sala de jantar. Aperta ainda mais os lábios finos, enruga a testa, arqueia as sobrancelhas em gestos que não pode fazer com as mãos (mesmo com o risco de parecer grotesca a quem não saiba por que tudo aquilo) para ver se o afugenta para o quarto. A boca semiaberta, os olhos miúdos estranhamente cintilantes e fixos, ele parece fingir que não entende as ameaças e se mantém no mesmo lugar, plantado. Então Bia se lembra, quase enternecida, de que talvez tenham esquecido o jantar do coitado. Tanto movimento, tantas providências, que o esquecimento não seria impossível.

Ajeita o coque, não por imaginá-lo desarranjado, mas porque precisa ir à cozinha. Levanta-se dizendo, à guisa de desculpa, algumas palavras enroladas, que ninguém entende, contorna a mesa em passo medido e certo, sempre sorrindo para a filha, em quem se fixa, acalme-se, a mamãe sabe o que faz, e desaparece.

— Um pedaço bem grande de bolo — ordena Bia e, ao espanto da copeira, responde com leve arquear de sobrancelhas e um meio-sorriso que ela pretende conivente e sedutor.

De volta a seu lugar, suspira aliviada, ajeita o coque, serve-se daquele *cassoulet* de carneiro que tanto ama e para o qual, ainda há pouco, não pudera nem olhar, inapetente, e prepara-se para assistir ao epílogo da ridícula tragicomédia a que fora submetida.

Não demora para que apareça na sombra do corredor a copeira em seu uniforme azul-marinho e branco, que lhe é exigido apenas em ocasiões especiais. Traz nas mãos um prato de sobremesa, onde, com toda certeza, há um imenso pedaço de bolo, que Bia não pode ver, mas que adivinha. Está certa de que Arnaldo não o recusará: devorador notório de qualquer tipo de doce. Sem despegar os olhos da sala de jantar, como se estivesse sentindo asco, ele empurra o prato com o antebraço. A Bia parece apenas incoerência de seu comportamento estúpido, pois não pode imaginar o idiota atraído pelo brilho dos talheres de prata e pelas peças de porcelana, pela gala dos convidados, belas e saudáveis pessoas, com suas vestes coloridas, pela iluminação abundante a descer em jorros de três lustres onde centenas de pequenas lâmpadas imitam velas com pingentes de brilhantes. Nunca vira, o coitado, espetáculo tão belo, nem entende o significado de tudo aquilo, mas não é com um pedaço de bolo que vão fazê-lo desistir de o contemplar. A copeira insiste passando o bolo perto de seus olhos, a pouca distância de seu nariz, aponta, diz alguma coisa que Bia não consegue ouvir, finalmente, com medo do ronco ameaçador de Arnaldo, seu olhar procura o da patroa na cabeceira da mesa. Ergue os ombros, abre os braços, fiz o que pude!

Os patos à Califórnia são recebidos com aplausos gerais, provocados principalmente pelo modo suntuoso como são apresentados: duas empregadas de uniforme azul-marinho entram na sala de jantar segurando as duas pontas de uma travessa de prata com noventa centímetros de comprimento; entre arranjos de pêssegos, cachos de uvas, cerejas, ameixas e (ideia de Bia) copos-de-leite trançados com rosas príncipe negro, aparecem dois patos dourados, fumegantes ainda, com as coxas roliças apontadas para o céu.

Apesar da expectativa quanto ao efeito causado pela entrada do prato de resistência, Bia aproveita o tumulto para afastar-se rapidamente pela porta que leva à cozinha. Quer só ver se ele vai desobedecer-lhe. Reaparece no corredor, os lábios finos colados e roxos, a testa enrugada, fiapos de cabelo soltos pendidos para os ombros. Segura com firmeza o braço de Arnaldo, que não demonstra a menor surpresa com a rispidez de seu gesto. Aproxima o rosto de seu ouvido e cochicha-lhe, vem, mas ele nem se volta, absorto na contemplação de um espetáculo que desconhece e com que está deslumbrado. Vem, ela repete um pouco mais enfaticamente, puxando seu braço, para o quarto, já. O idiota faz um ar de aborrecimento, alguma coisa o incomoda, mas não se move, pesado, cravado no chão. Bia sente asco de si mesma ao pensar que em seu corpo, belo e sadio, dentro dele, foi gerado um ser tão ignóbil como aquele. Crava-lhe silenciosamente as unhas no braço:

o quarto agora mesmo ou uma semana sem comida, seu porco. Arnaldo solta um grunhido de dor, abafado, mas não encara a mãe.

Aos poucos ela o arrasta pelo corredor, sem nada mais dizer, pois emprega na empresa toda a força de que dispõe.

Quando volta à mesa, restabelecida a ordem cá e lá, ajeita o coque, recolhe os fios soltos de cabelo e responde serenamente que apenas um súbito mal-estar, resíduo de uma gripe mal curada.

O relógio de pêndulo

Cumprimenta-me como se não me visse, como se o vulto parado à sua frente, na porta, fosse um objeto fora de lugar, jornal velho esquecido sobre uma cadeira. Seus olhos devassam ansiosos cada um dos desvãos da sala, procurando uma face, uma sombra, qualquer ângulo que lhe devolva o passado perdido, que lhe dê a certeza de haver chegado ao termo de sua viagem. Apesar da aba do chapéu, que lhe ensombrece o rosto, percebo logo os sulcos profundos gravados em sua testa pelas léguas de estrada: é Abelardo, meu irmão mais velho, só pode ser ele, o mito familiar. Seus lábios finos e ressecados, por fim, abrem-se num quase sorriso: pendurado na parede desbotada, ele acaba de descobrir, marcando o tempo, o velho relógio de pêndulo, que, daquele mesmo lugar, outrora, costumava interromper, rabugento, sua participação nos serões da família.

Ao responder que sim, aqui mesmo a casa de seu pai, onde ele nasceu, sinto uma alegria tão grande que meu desejo é o de apertar nos braços o herói desconhecido, mas nada faço além de balbuciar que entre, a casa é sua, porque ele me intimida. Muito mais pelas histórias que nos contavam na infância e que povoaram o território todo de minha imaginação do que pela figura frágil que se verga para apanhar a mala e onde me parece inverossímil caberem tantas aventuras.

No percurso entre a sala e a cozinha, Abelardo me segue em silêncio, misturando-se a tantas outras sombras de antepassados com que me habituei, nestes últimos anos, a conviver. Inconformado ainda com a desproporção entre conteúdo e forma, olho para trás, conferindo, e noto que meu irmão examina com ansiedade as portas fechadas ao longo do corredor. Uma delas foi a sua, sem dúvida, a porta sob cuja proteção, na infância, construía os detalhes de suas viagens. O que escondem agora?, parece perguntar, e eu me viro bruscamente, temendo que ele me faça a pergunta.

Na cozinha, Abelardo larga a mala ao lado de uma cadeira e, como eu não digo nada, ele senta-se. É uma dessas malas pequenas, de papelão escuro e cantoneiras metálicas, modelo antigo que não se usa mais, e que, apesar do tamanho, parece cansá-lo muito. Ele olha o teto, as paredes, os móveis em redor, então volta a cabeça para a porta com aquela mesma ansiedade que eu já percebi antes. Fome?, pergunto, e ele, sacudindo a cabeça, confirma que sim, com fome. Também, emendo com fingida distração, a distância de que você veio! E Abelardo, sem notar minha tentativa, limita-se a grunhir: é, é.

Ninguém sabia de onde nem como chegava a notícia, mas todos ficavam alvoroçados. O regresso de Abelardo, que eu não conhecia senão pelas histórias que nos contavam, ajudaria nosso pai a levantar a hipoteca da casa, reconciliaria Abigail com o marido, mostraria a certos vizinhos quem é que não é homem aqui nesta rua, e até a paralisia do Beto poderia ser convenientemente tratada em hospital de fora. Por isso a faxina geral na casa, aquelas roupas novas ou reformadas, todos os preparativos. Minha mãe pedia livros de receitas às amigas e passava horas, à noite, a copiar as que julgava serem as melhores. Ele chegou sem mandar aviso e eu não tenho, para oferecer, nada além de umas batatas cozidas com guisado e uma escumadeira de arroz: o que sobrou do jantar. Começo a mexer nas panelas quando meu irmão pergunta: O pai e a mãe? Surpreso pelo absurdo da pergunta, fito-o sem resposta por alguns instantes. A mesma testa estreita de meu pai, seu queixo pontudo, os mesmos olhos gateados. Não existem mais há muito tempo. Com minha resposta, ele parece encolher um pouco, pequeno demais para a blusa de couro surrada. Seus olhos, todavia, brilham ao me atingirem. E como foi, como aconteceu isso? Não lhe dou resposta porque estou ocupado na preparação de seu jantar. Ele insiste na pergunta e eu

À SOMBRA DO CIPRESTE 85

mexo a batata com uma colher de pau. Do passado, apenas as promessas não me machucam. Servido seu prato, Abelardo concentra-se na comida, que mastiga meticuloso, lentamente. Da outra extremidade da mesa, observo a cena, dissimulado, até que o silêncio me exaspere. Você é que deve ter comido por este mundo afora coisas que a gente aqui nem pode imaginar! Ele continua mastigando, mas agora me olha duro, o que me causa um certo mal-estar. Por fim, lacônico, ele responde que pode ser. Espero em vão que ele alongue o assunto, porém permanece mudo até esvaziar o prato. E a Abigail?, pergunta então, seus olhos tristes sacudindo-me pelos ombros. Também. E me escondo atrás da urgência em lhe passar um café.

Em lugar nenhum do mundo se toma um café como o daqui, diz ele entre dois goles, e eu me animo, lisonjeado, preparando-me para ouvir o relato de suas peripécias. Afetando modéstia, apresso-me a responder que ora, decerto nem é tanto assim. Abelardo, entretanto, já está novamente viajando, não sei se pelos confins do mundo ou de sua infância. Para tê-lo de volta outra vez, ofereço-lhe mais café, ele, porém, esquiva-se de minha cilada com um gesto simples da mão direita.

O relógio de pêndulo, da sala, atravessa a casa com duas badaladas, e pergunto a meu irmão se não quer descansar um pouco, os quartos como antigamente. Ele diz que não, que não vale a pena, apesar das marcas que o sono vai deixando em seu rosto.

O relógio da matriz confirma as horas, como sempre com uns dois minutos de atraso. Nada vejo no pulso de Abelardo, não sei se para ele faz alguma diferença a passagem do tempo. Sinto frio nos pés e nas mãos. A esta hora, em qualquer época do ano, sinto frio nos pés e nas mãos. Tomo um pouco de café na esperança de me aquecer, mas sem resultado, porque esqueci a garrafa aberta e o café está apenas morno. Faz algum tempo que Abelardo ressona com a cabeça apoiada nos braços. Acho que uma pessoa assim, como ele, não sente frio. Suas mãos não são muito grandes, como deveriam ser as mãos dos heróis, apesar disso parecem muito fortes, por causa da pele tisnada coberta de grossos pelos. Não, não deve sentir frio. As pessoas que sentem frio não viajam com malas tão pequenas. Poderia requentar este café, se tivesse alguma disposição para me levantar. Não me levanto e tento distrair-me contando os estalidos que os pés descalços da noite produzem nas tábuas do forro.

Acordo assustado: Abelardo me sacode a cabeça. E os outros?, ele me pergunta sem disfarçar a raiva.

— Ninguém mais, além de nós dois.

Quando a manhã, azulada de orvalho, vem bater à janela da cozinha, ainda sinto o cheiro forte de estrada que ficou na cadeira vazia.

O voo da águia

Quando ele me agarrou pelo braço (manchas roxas, ainda, de seus dedos magros) e me puxou dizendo preciso conversar com alguém, os primeiros letreiros de néon começavam a piscar dentro de seus olhos opacos. Então tive o pressentimento de que a noite em breve estaria vertendo do manto da garoa fina que esfumava as altas silhuetas dos edifícios no centro da cidade. Gesto brusco, um safanão: meu susto. É uma ponte, é só uma ponte, ele repetia enquanto me empurrava para dentro do bar. Apesar de trêmula, hesitante talvez, sua voz escura não admitia resistência, pois subia-lhe das regiões viscerais, onde tudo é urgente e inapelável. Entrei me perguntando de que recanto esquecido da minha vida surgiam agora aqueles traços familiares que descobri por baixo de tanta ruína.

As garrafas de cerveja vazias sobre a mesa e o cinzeiro transbordante eram os vestígios deixados pela tocaia de longas horas acontecida naquele canto de sala. A vida e os transeuntes, por certo, tinham desfilado desapercebidamente por trás das sujas vidraças da janela que dava para a calçada. A princípio não entendi o movimento de sua cabeça, mas, como insistisse, deduzi que me indicava a cadeira onde eu deveria sentar. Ele acendeu um cigarro – lábios secos – espantou com a mão o rolo de fumaça que lhe escondeu a cabeça e me fixou com seus olhos fartos de ver. Só então consegui arrancar do passado, e aos pedaços, o que me restava do Aquiles. Aquiles! Notícia nenhuma do Aquiles desde os tempos em que teve de abandonar a escola. Minha surpresa deve ter-lhe causado algum mal, porque o sorriso com que me respondeu, sardônico, não passou de um repuxo que lhe deformou a boca e de um leve apertar dos olhos. Esperou em silêncio que eu me refizesse do susto e me encarou novamente. Então, isso é que é a vida?, ele me perguntou irritado e continuou a me encarar, cobrando uma resposta.

Acuado, consultei o relógio. Aquiles aproveitou para pedir outra cerveja, o dinheiro, olha, o dinheiro agora não importa mais, e jogou um maço de notas amarrotadas sobre a mesa.

Era em bares assim que, à noite, depois das aulas, nos embriagávamos de cerveja e de sonhos. Há quanto tempo não entrava mais num bar? Não me lembro bem por quê, mas acreditávamos que a humanidade precisava de nós, e estávamos dispostos a salvá-la com nossos discursos exaltados. Ofereceu-me um cigarro, que não tive coragem de recusar. Sabe, Aquiles, a vida, e não avancei, com medo de que a banalidade do que diria irritasse ainda mais meu amigo. Ele me pedia uma ponte, e eu mal firmava meus próprios pés no chão. Procurei no relógio uma razão que me tirasse dali, mas o bar já estava escuro demais e o ar quente e denso escorria pelas lentes de meus óculos. Desatei o nó da gravata e emborquei de um gole a cerveja do copo que ele teimava em manter cheio. Uma ponte. Que ponte, se minhas margens, soltas as amarras, navegavam todas à deriva! As prateleiras com suas garrafas cobertas de pó começaram a oscilar, e a lâmpada vermelha, aos pés do dragão, latejava entre teias de aranha e um galho seco de arruda. Há quanto tempo?

— Rastejei minha vida toda, agora chega.

Agora chega, ele ficou repetindo cada vez mais baixo, enquanto sacudia a cabeça, negando, preciso acabar logo com tudo isso, e sua voz me pareceu apenas a sombra de sua voz, a outra, como um pensamento sem necessidade de ouvinte. Me dei conta de que o trânsito, às minhas costas, não estava mais congestionado, pois há muito não ouvia o clamor nervoso das buzinas. Esfreguei com violência um guardanapo de papel na testa e nas mãos. Por que aquela sensação de calor, se nas veias o sangue estava congelado? As manchas eram nítidas e Aquiles não tentava escondê-las. Talvez eu as pudesse remover com a mão, se tentasse, mesmo assim continuei calado, porque a noite viera confirmar meu pressentimento, sem me revelar, no entanto, o que elas significavam.

Tendo repetido várias vezes acabar logo com tudo isso, submergimos exaustos numa profunda lagoa de silêncio, durante o qual Aquiles, a cabeça pendida e os olhos parados, movia desvairadamente os lábios desbotados e febris. Circundado na parede por um exército de garrafas empoeiradas, o santo-guerreiro subjugava o dragão, mas não conseguia evitar que ele continuasse expelindo suas chamas. Aquilo sempre, uma luta sem solução? Pensei em me levantar, em fugir daquele ambiente para respirar a noite úmida. Apenas pensei. Qualquer movimento meu poderia provocar um desenlace imprevisível. Respirei fundo, relaxei os ombros e me ajeitei melhor na cadeira.

Já estava preparado para uma longa espera, quando, subitamente e de olhos incendidos, Aquiles arrojou o corpo sobre a mesa e, segurando-me pelos pulsos, perguntou então, você acha que vale a pena continuar, apesar de tudo, você acha que vale a pena? E me sacudia os braços, seu nariz adunco bem próximo de meu rosto, responde, você acha que alguma coisa vale a pena? Da margem sombria e açoitada pela tormenta, ouvi o apelo do barqueiro, porém, atônito, não descobri de onde vinha aquela voz.

Suas garras foram aos poucos afrouxando até libertarem meus pulsos. Aquiles ainda me olhou por alguns instantes, mas já não via nada, porque em seguida deitou a cabeça sobre os braços estendidos na mesa e pouco depois tive a certeza de que dormia. Levantei-me com cuidado, ergui a gola do paletó e saí finalmente para enfrentar a garoa.

Só na manhã seguinte, após a leitura dos jornais, fiquei sabendo que Aquiles, naquela mesma madrugada, alçara voo do alto de um edifício.

Paisagem do pequeno rei

Mastigando ainda restos do desjejum, sem pensamento nenhum em sua cabeça, Juninho levantou-se da mesa e grudou a testa no vitrô fechado: seu modo de espiar aquele mundo que se mantinha escondido por trás das paredes. Pela boca aberta em cilindro, divertiu-se algum tempo expelindo o bafo quente com que embaçou pequeno círculo na vidraça transparente. E meio que riu, satisfeito com tal poder, o de cobrir a parte que quisesse do terreiro com sua cerração, aquele bafo que lhe subia do peito. Para além da janela, no fundo, a inundação de azul de um céu despenhadeiro: uma vertigem. Bem ao fundo, a inundação de azul, onde um rebanho de alvos cirros se deixava singrar por alguns pontos pretos movediços – pequenos e trágicos pontos finais – que, uns atrás dos outros, desenhavam largos e lentos círculos. Alheio ao significado do que ultrapassava os muros de seu terreiro, o menino desenhou, com a ponta do dedo, um grande jota arredondado: exercício necessário da própria afirmação. No

À SOMBRA DO CIPRESTE 95

gancho da letra, seus olhos enquadraram, no recanto mais afastado do terreiro, o imenso flamboaiã de tronco rugoso, já meio decrépito, no exato momento em que um bando de maritacas marulhentas alçou voo e mergulhou no céu, deixando a árvore, com seus galhos retorcidos, inteiramente desfolhada.

Grupo remanescente de andorinhas sobrevoou o terreiro — as claras penas do peito quase roçando os galhos mais altos da árvore praticamente nua. Talvez uma despedida, véspera da grande viagem. O menino olhou as andorinhas, o flamboaiã, olhou as maritacas, distante e indiferente. Ele olhava com a boca aberta, olhava com as mãos espalmadas na vidraça, com os olhos, olhava com o corpo todo, mas nada entendia, porque tinha o olhar bronco de quem ainda não aprendera a possuir as coisas a distância.

Só ao ver o passarinho pular do nada para o meio da galharia é que se agitou um pouco mais. Como um chumaço de algodão embebido em mercúrio cromo, saltitando com vivacidade de um galho a outro, ágil, certeiro, encheu os olhos do menino, que, deslumbrado, apressou-se a limpar com as duas mãos a vidraça embaçada. Mas o que era aquilo, aquela pequenina bola púrpura, tão cheia de vida e de vontade própria? Gritou com estridência, chamando o irmão, para que viesse ver o que nunca tinham visto nem sabiam que em algum lugar existisse. O irmão terminava calmamente de tomar seu café com leite e não se moveu na cadeira. Juninho insistiu, aflito, parecendo-lhe aquela uma oportunidade única na vida, primeira e última. O pensamento foi-se, então, formando devagar, um grande círculo, como um remanso do ar em volta do terreiro, das árvores, um remanso lento, mas irreprimível. Um espetáculo que era seu, tão-somente seu. Além do irmão, a mais ninguém permitiria seu desfrute. Mas aquilo não chegava a ser um pensamento, porque ele apenas o sentia, embora com o corpo todo.

— Mas onde?!

Dois vidros acima, o irmão, impaciente, nada via além do que sempre ali estivera: as árvores, a pequena horta, um galpão coberto com folhas de zinco, uma gangorra e alguns trastes inumeráveis e invisíveis, de tão fixos na paisagem.

O menino gritou que no flamboaiã, cada vez mais aflito, porque agora ele também nada via e relampejou-lhe a sensação quase insuportável da perda mesmo antes da posse. E sacudia as mãozinhas gordas preparando o choro.

Como se o mundo, de repente, estivesse a se apagar, o menino pensou com urgência.

— Lá!

Ele gritou com o dedo teso, quase furando a vidraça. Tinha acabado de rever, fascinado, a pequena bola vermelha a saltitar. Então, em pânico, vislumbrou o perigo: o passarinho não estava preso dentro daquela cena, que, de um momento para outro, poderia dissolver-se.

À SOMBRA DO CIPRESTE 97

— Eu que vi primeiro. Ele é meu!

O irmão não percebeu logo o sentido daquelas palavras proferidas com tamanha veemência e confirmou que sim, que era dele, e que ninguém, por enquanto, ameaçava privá-lo do que era seu. Ele não sabia que o pequeno jamais aprenderia a dispor de tudo com todos, pois era do tipo que só consegue sentir que é seu quando possui sozinho, sem partilhar com mais ninguém. E por não conhecer o próprio irmão é que tentou ainda por algum tempo mostrar-lhe o quanto é de todos aquilo que, a princípio, parece de ninguém.

Mas não é isso, foi a resposta exasperada que o som estrepitoso do sapateado abafou. O cabelo empastado na testa suarenta era sua irritação com a conhecida conversa de enganar, que já adivinhava: depois ele esquece. Não é isso. Meu é o que minha mão segura, seus membros agitados como em espasmo, por causa do medo.

Só aos poucos a compreensão foi-lhe penetrando venenosa. Suas propostas não demoviam o menino, cujo torvo olhar ameaçava sorver a paisagem toda: meu é na minha mão. Nem o canarinho-da-terra, estralando na gaiola, nem o *hamster* acrobata, que tanto o encantava. Nada. Quase certo que já os considerava seus. Necessidade nenhuma de barganha. Meu é na minha mão. E esperneava barulhento.

O corpo tenso ligeiramente inclinado para a janela, estúpido e esperançoso, Juninho acompanhou o imergir de seu irmão na loira claridade do terreiro. A expectativa machucava-lhe os músculos, mas a dor não o distraía. Sentia-se ligeiramente compensado das aflições ainda há pouco vividas, ao enquadrar na mesma cena o passarinho vermelho, nos galhos do flamboaiã, e seu irmão, gestos atávicos de caçador, esgueirando-se rente ao muro, corpo em arco, longas esperas de cócoras – o estilingue preso pelas extremidades. Compensado, mas temeroso, ainda, com a possibilidade de uma fuga repentina, definitiva. O suor, por isso, porejava-lhe no buço, na testa, empastava-lhe o cabelo da nuca. Meu é na minha mão, sentia cansado mais do que pensava. Mas é meu, parecia responder seu olhar vitorioso, logo depois, ao olhar acusador do irmão, quando este, assomando à porta da cozinha, entregou-lhe nas mãos o passarinho. É meu. E reparou, enquanto lhe assoprava as penas, que visto de perto era ainda mais belo do que de longe, apesar da flacidez do pescoço de onde pendia inerme uma cabecinha inútil.

Pequeno coração álgido

Nem fui trabalhar hoje, o homem repete em seu favor, ofegante ainda, e na esperança de que pelo menos a mãe o encare. Não fui. Também, maior susto, aquele bilhete debaixo da xícara. E vocês, mas então, o que é isso? Uma dificuldade encontrar as duas aqui, ele se queixa, uma das mãos no bolso, fingindo naturalidade, a outra girando agitada acima de sua cabeça.

Silenciosas, mãe e filha achegam-se ainda mais uma à outra, acuadas, e acompanham com olhar medroso o gesto exagerado daquele braço, que desenha um círculo no ar e abrange o amplo saguão da rodoviária: uma dificuldade encontrar vocês duas aqui. A menina, maravilhada, distrai-se algum tempo admirando os letreiros coloridos e as vitrinas iluminadas que parecem de repente rodopiar ao redor de sua cabeça, espargidas por aquela mão poderosa.

Quando chegaram, ainda escuro, havia muitos bancos vagos e um silêncio de cochichos pelos cantos, porque era ainda praticamente noite e a noite não se deve acordá-la falando alto demais. A mãe escolhera aquele lugar por ser isolado e protegido: onde o vento frio não chegava. De vez em quando um cachorro de pelo áspero e cauda caída cruzava em diagonal o saguão; de vez em quando um homem maldormido e de sapatos ressecados vinha trôpego ocupar um dos bancos vazios, dispondo em sua volta sacos e sacolas onde resumia sua história. Os relógios, todos parados, dormiam também. De pé, na frente das duas, pernas abertas fechando as saídas, opressivo, o homem sacode a cabeça, inconformado, tanta coisa com que se preocupar, nesta época do ano, justo agora. Faltando o quê, em casa, que saíam assim a procurar pelo mundo? A menina descobre a estufa de pastéis sobre o balcão de um bar, do outro lado do saguão, e sente fome. Então não se matava no trabalho para supri-las de todo o conforto? Os olhos silenciosos da menina apontam com insistência para a estufa, mas ninguém percebe o que eles dizem. Sua mãe, muda, suporta aquelas perguntas já tão conhecidas, que ele repete, de pé, parado na frente das duas, indiferente ao desconforto causado por sua presença. A mãe nada responde, tantas pessoas passando por perto, atentas, querendo saber por que um homem aparece assim, de repente, reclamando o que julga seu de direito.

De vez em quando o alto-falante anuncia uma partida e deseja boa viagem. O coração da mulher se agita, impaciente, e ela para os olhos claros, presa a respiração, para ouvir melhor, mesmo sabendo que ainda não é sua hora, que o dia não tarda, mas que ainda não chegou. Faltando o quê, em casa, o que mais podem querer para não fugir? Flagrada, assim, em sua impotência, ela vira o rosto, encolhe-se um pouco, procura esconder os olhos no rastro deixado pela fome da filha. Como explicar este vazio sem nome, definir o vago desejo de um espaço há tanto perdido? Faltando o quê? Seus olhos, então, cruzam com os dele, que não lhe desmentem a voz. Sua estatura, do alto da qual tinha chegado fazendo perguntas, quase aos gritos, agora a ponto de ruir. Sente-se comovida com os estragos causados por sua decisão. E abalada. Sabe que nem ela mesma sairá incólume, mas não sabe como nem se quer retroceder. Sua vontade fraqueja, sem rumo e sem razão. Você quer um pastel?, ela pergunta à filha para se ver livre do desconforto, mas não chega a entender a resposta.

Ele se aproxima um pouco mais, empurrado pelos passantes: multidão sobre a qual jorram feixes da luz multicolorida que começa a descer em catarata da claraboia. Nem assim é possível aquele diálogo, já tão difícil de suportar. A mulher ameaça arrancar a pele dos braços, exasperada. Difícil, no meio daquela confusão, até mesmo conservar intactas as emoções. Um pastel?, ela oferece novamente, começando já a esquecer o tom magoado da voz com que ele há pouco repetia suas perguntas. A filha então desabrocha um sorriso estúpido e cheio de esperança.

De pé junto ao balcão, hirta e atônita, a mãe espera ser atendida. Seu pequeno coração álgido tropeça em sombras desconhecidas e sua coragem parece falecer. Ela se demora, indecisa sobre o que levar, demora o quanto pode para pagar e muito mais gostaria de demorar, o resto de sua vida, quem sabe, não fosse a filha à sua espera. Olha algumas vezes para trás, sabendo que lá ele está e que de lá, tão cedo, não pretende sair. Isso a inquieta, mas não a amedronta, pois sabe que o homem nada fará além de se entregar ao sofrimento. A mulher atravessa de volta o saguão, em zigue-zague, para evitar a confusão dos passageiros e suas bagagens. De longe enquadra a cena da filha conversando animadamente com o pai, muito membros da mesma família. Então sorri para a menina, acenando com o saco de papel engordurado. Não compreende bem, mas sente que alguma porta de seu passado acaba de ser fechada.

Entrega os pastéis para a filha e, inteiramente descolorida, junta do chão suas malas, que entrega ao marido. Vamos embora, ela murmura, sem esperar o anúncio do alto-falante.

Terno de reis

Enxuguei as mãos no vestido, urgente, e, do jeito que estava, apareci por trás das crianças, protegida, na porta da sala, onde não cabia mais ninguém. O brilho excessivo das vestes reais, franjas e bandeiras coloridas, o séquito ruidoso que acompanha os cantadores, me pareceram sempre um conjunto grotesco que me intimidava. Ajeitei por cima da orelha um fiapo solto de cabelo que me incomodava, tentei disfarçar o embaraço. Depois de passar a tarde em preparativos certa de que eles viriam, de que outra vez invadiriam nossa casa, como todos os anos, ainda sentia as mãos geladas e a testa úmida porque o ritual, embora saiba que não muda, parece nunca ser o mesmo — uma surpresa: as risadas de sempre, cochichos e cumprimentos, o primeiro acorde do violão anunciando o início da cantoria.

Da cozinha, para onde olhava com insistência a fim de evitar que alguém viesse conversar comigo, o cheiro da baunilha — os biscoitos ainda quentes na bandeja de inox, a peça mais valiosa de nossa baixela. Irromperam finalmente nos agradecimentos aos senhores donos da casa, versos que sei de cor, que minha avó também já sabia. Puxei contra meu corpo o Betinho, mais para ocultar a inutilidade momentânea das mãos que para exibição de carinhos a que não estamos afeitos. Ele tentou desvencilhar-se, talvez envergonhado, mas só fez aumentar a pressão de minhas mãos. Voltei a olhar para trás, fugitiva, adivinhando olhares e sentindo-lhes o visco. Ensaiei uma carícia na cabeça de meu filho, a furto, e retrocedi assustada. Sentada no jardim, tinha passado a tarde do domingo tocando com as pontas dos dedos as folhinhas nervosas da sensitiva que, cheia de pejo, fechava-se por alguns segundos. Aquela reação de animal me divertia muito. Pare com isso, menina. Na manhã seguinte ela apareceu murcha e cuidado algum a pôde salvar.

Eu me sentia horrível com o suor porejando em minha testa. Aquele ar, se ao menos alguém, a janela fechada. De repente a sala começou a oscilar como barco à deriva, e as peças de cerâmica, improvisadas em presépio sobre a mesa, ameaçavam jogar-se das alturas no vermelhão do piso de cimento. Tudo rodava, e por cima de todos balançava a bandeira do divino – velho e encardido pedaço de seda carmesim. Pensei que fosse desmaiar. À última nota dos agradecimentos de praxe – ardido e prolongado falsete heroicamente arrancado com ressaibos de cigarro e cachaça daquelas gargantas – me afastei na direção da cozinha: é também do ritual oferecer alguma bebida nos intervalos aos cantadores. Suspirei aliviada, distendi os músculos. A vida toda esta vertigem dos primeiros instantes, o desconforto de estreia? Saí pela porta dos fundos, espiei aqui de baixo o silêncio do céu, cumplicidade antiga, e engoli sôfrega o ar úmido de orvalho. Em volta, o bairro todo dormia, à exceção de um galo ou outro no cumprimento do dever.

Refeita, vim andando devagar pelo corredor, os olhos fixos nas garrafas abertas, que a custo equilibrava na bandeja – tanta gente, meu Deus! – e avançava com o coração bem agasalhado, então, certa de que os passos seguintes não me poderiam mais surpreender e que em pouco tempo, do burburinho, nada mais restaria além de uns pobres fantasmas a voejar pelos cantos escuros de meus sonhos daquele resto de noite. As portas novamente estariam cerradas, e a vida, outra vez, resguardada de sobressaltos. Estava quase feliz quando cheguei à porta da sala e tive de erguer a cabeça para escolher caminho até a mesa.

Um engano, aquilo, alguém semelhante, só isso. E tentei esconder-me com meu susto, de volta no corredor vazio, mas não havia mais corredor, nenhum, e meus olhos cheios de espanto, mesmo depois de tantos anos, ainda retinham o ângulo de seu nariz, a curva suave do queixo, o traço espesso da sobrancelha, a cor da pele e a largura do sorriso: todos os detalhes que a vontade presumia extintos. Ali, sua tonta, debaixo do fícus mais alto, no banco depois do chafariz. Domingo, três horas da tarde, e eu senti uma vontade imensa de estar morta, mas nenhuma nuvem no céu que atendesse a meu pedido. A última vez, aquela? Não sabia o que fazer da bandeja nem se o cumprimentava ou fingia desconhecê-lo, enquanto ele, tranquilo, me fitava: a mesma expressão do rosto como se o tempo o tivesse esquecido. Três horas da tarde e o domingo anoiteceu de repente na praça da matriz. Pudor algum no modo de me encarar e me desvestir, bem ali, dentro da casa onde suspirei em noites de sacrifício, onde concebi e criei dois filhos, onde compartilho a cama com um homem escolhido às pressas e por vingança. As garrafas tremiam sobre a bandeja, mas não conseguia decidir-me. Olhei apavorada as paredes para ver se era possível perceber ainda vestígios dos gemidos do gozo contratual que tive de aprender. A olhos mais atentos nada se escondia. Na praça, as pessoas continuaram domingando do mesmo jeito, como se já não tivesse anoitecido. Mãe, a cerveja! Dei dois passos, tonta, e larguei a bandeja sobre a mesa. Esbarrei na Lúcia, que vinha chegando com os bolinhos e biscoitos, respondi ao cumprimento de dois ou três conhecidos e fugi apressada para o banheiro com a sensação de ter sido descoberta em pecado.

Abri a torneira até o fim e mergulhei os pulsos no jorro d'água. Mas o que pode ter acontecido a esta planta? De longe, olhando desconfiada, eu temia que alguém se lembrasse do domingo. Molhei as têmporas e a nuca, esfreguei com aspereza as mãos no rosto. Ali, sua tonta, no banco. Em quem maior confiança do que em meus próprios olhos, que antes de anoitecer, e apesar da distância, conseguiram ver quem era e que não estava sozinho? A água já me escorria pelos cabelos e inundava minhas costas por baixo do vestido. Na manhã seguinte a sensitiva apareceu murcha e cuidado algum a pôde salvar. Qual a diferença entre um suicídio e a morte provocada por um grande desgosto? À mesa, o mal-estar. Isso é conversa de criança, menina? Ah, um dilúvio que me lavasse, que me tornasse outra vez inocente! Em vão o recado pelo próprio portador da aliança, devolvida sem explicações, em vão todos os outros recados. O carteiro, por fim, já não insistia mais antes de carimbar os envelopes que levava de volta. As portas estavam trancadas: era a manhã seguinte. Mirei-me demoradamente ao espelho pendurado acima da pia, na parede. Me descobri velha, doze anos mais velha, e ridiculamente patética: aqueles sulcos descendo das aletas até as extremidades da boca e o arroxeado por baixo dos olhos. Que absurdo! Ele era apenas um homem de cuja história, por escolha, me separei. Com todo o direito de mudar, de eventualmente encontrar algum prazer na companhia de um violão.

Da sala, em surdina, chegaram as vozes dos cantadores contando a história da manjedoura, uma história que aprendi mesmo antes de entender a significação das palavras. Agora era camuflar bem a devastação da tormenta e retornar à sala, ao bom desempenho do único papel que me competia. Enxuguei o rosto e os cabelos, conferi: o aspecto não me agradou. Entre aquelas vozes todas, qual a dele? Um batom mais claro, quem sabe? Vontade nenhuma de causar má impressão. Enquanto retocava o rosto, com pressa, procurava no conjunto uma voz que fosse conhecida. Em nenhuma delas aquele veludo grave e levemente fanho que outrora afagara-me os ouvidos e o coração.

Cheguei inutilmente silenciosa à porta: todos atentos à narrativa dos reis magos. Apoiei-me novamente em meu filho, as mãos espalmadas em seu peito. A sala parecia pequena para tanta música. No meio de seus companheiros, o mais alto de todos, ele me pareceu o único a ter notado minha ausência. Mais majestoso que o próprio rei. Quando nossos olhos casualmente se encontravam, os dele pareciam ainda pedir-me uma explicação. A casa, então, começou a parecer-me pobre e triste, com esta luz amarela pendente do teto, estas paredes desbotadas e os trastes que, nestes anos todos, têm-nos servido de móveis. Acho que foi vergonha, o que senti, e uma vontade imensa de chorar. O que poderia estar acontecendo comigo?

A meu lado, satisfeito, dorme o marido que me escolhi, enquanto a madrugada me traz, abafados mas nítidos, os versos de uma história que se repete em outra casa, talvez num outro quarteirão. Em que poderia a vida ter sido diferente? Estremeço com essa pergunta, e meus olhos secos e abismados não encontram resposta, porque é noite, há muito tempo que é noite.

Adagio apassionatto

Sua mão estremece sábia e desconfiada após o afago. Corpo estranho, este corpo crescido, ela tateia: fora de seu controle. Contorna com os dedos o lóbulo da orelha, flácida curva. Definitivamente, com exceção do corpo, a mesma Estela que subia das ondas do mar, aureolada de sol, e vinha correndo ao seu encontro, aspergindo areia e o doce perfume de seu hálito infantil, e, cheia de inquietação, de longe, ainda, perguntava mãe, foi mesmo Deus quem salgou a água do mar?, e ela respondia que sim, minha filha, por saber que a menina em tudo dependia dela e isso a fazia sentir-se forte. Vê-la era sempre como um susto, por gosto. Com uma ponta do lençol, seca o rosto da filha, suavemente, porque mais que isso ela sabe que não conseguirá fazer.

Conhecera-lhe o corpo, saliências e reentrâncias, cada espaço, porque em si a tinha gerado. Apenas o corpo, que estava em si controlar. Você, pensa Lígia quase envergonhada, vinha correndo de dentro do mar, banhada de luz, respingada de água e areia e en-

À SOMBRA DO CIPRESTE 113

tão eu a reconhecia. Como era bom aquele tempo em que eu a sabia uma parte de mim.

Há mais de meia hora a claridade azulada se esvai lenta e resignadamente pelas cortinas cerradas, abandonando o quarto. A cama, colcha repuxada, perdeu a aspereza das formas exatas: ninho de nuvens, agora. O Cristo da parede, coração exposto, não aparece mais na paisagem que até há pouco o sustentava. Lígia olha para o Cristo e para a janela, olhar duro e reto, irritada com a impotência dos dois. Então olha para o vulto impreciso de Estela sem saber mais nada, seu mundo vazio. Nada, então, a solução de tudo? Por mais que se desespere tentando resolver a questão, apenas uma fina camada de suor no buço e as palmas das mãos frias e úmidas. Não está preparada para as transformações nem as deseja.

Às vezes tem a impressão de que Estela dorme, por isso torce bruscamente os dedos, temendo o impasse.

Com a mão trêmula e gasta de vida, sacode de leve o ombro da filha. Seu pai, Estela, daqui a pouco em casa. E a filha a encara, os olhos vermelhos ainda. E inchados. E eu, que faço de mim, desorientada? Lígia volta a olhar para a janela, em fuga, agora, para não se machucar naquelas duas brasas que a perscrutam. A janela é mancha azulada que nada diz.

Aguda e travosa, uma coisa arranhando o interior de sua garganta – a consciência da perda. E antiga. Não pode desvencilhar-se da ideia de que abdicara de alguma coisa sagrada no deserto instante em que recebia nos braços o corpo molhado de Estela. Que sim, sua resposta invariável, que Deus. Que outra coisa poderia responder, se ela era tão pequena e sua cabeleira loira empastada de água salgada nada revelava sobre o futuro? No ar morno do quarto protegido, convidou Lígia. Assuntos de alcova. Estela estava tensa, o semblante destruído. Mas então, o que é isso? Não que ignorasse totalmente por que caminhos perigosos andava a filha. Não ignorava. Mas havia sempre a esperança de que não passasse tudo de boatos. Essa maldade que nos faz destruir com certo gosto. Mesmo, entretanto, tendo já tido notícias, precisava ouvir da própria boca, a boca de Estela, com a força de seu hálito, para então acreditar. Quando ouviu sua voz pelo telefone, logo depois do almoço, meu Deus do céu, uma voz assim, e achou que havia fundamento nas histórias.

No ar morno do quarto protegido, Lígia pensa horrorizada que o silêncio a vai estrangular. Então não eram mentiras, dizia o olhar com que recebeu na sala, logo depois do almoço, a filha desesperada. No ar morno do quarto protegido, ela convidou, porque dividia sua casa por assuntos. Tenta com afinco encontrar a Estela que emergia das ondas, mas só a encontra perquiridora refazendo as significações. Sem auréola de sol — tenebrosa. Bem mais fácil enlaçar-lhe o corpo quando molhado, apesar do sal e do frio. Conhecia-lhe, então, todas as curvas existentes e as que apenas se prometiam.

De repente, aproveitando-se de um dos muitos momentos de silêncio que se estabelecem no quase impossível diálogo, Lígia arrepende-se de ter trazido a filha para seu quarto. E é com horror que pensa nisso, porque aquela é a filha que criou, tentando todos os dias educá-la, fazê-la igual a si mesma. Tê-la agora deitada em sua cama, com a cabeça abandonada em seu regaço, é uma espécie de conivência indesejada. Há pecados contagiosos como doenças. Mesmo sem vê-lo, ela sabe que o coração exposto do Cristo vela acima da cabeceira. De súbito lhe vem à mente a palavra violação: seu significado perigoso. Se já estava há algum tempo aflita com a falta de progressão da entrevista, agora está convencida de que não deveria tê-la começado. Pelo menos ali, no quarto do casal.

O que de certa maneira abranda a cumplicidade entre mãe e filha, ela descobre, são as sombras que silenciosamente foram diluindo todas as formas nítidas. Não ver alguma coisa pode significar sua anulação. E Lígia, então, volta a sentir-se calma e segura. Mesmo assim, contudo, é com alguma relutância que seu dedo desenha no escuro o rosto de Estela, numa carícia tão antiga quanto dissimulada.

Estela retrucava, às vezes, o coração cheio de suspeitas, mas como é que você sabe?, querendo descobrir as razões que se escondiam nas respostas da mãe. Ora, porque sempre foi assim. Cansada ou incrédula, sentava-se na areia e construía castelos de curta vida. Mas

eles eram reais e decifráveis. Às vezes espichava os bei-
ços e enrugava a testa, significando sua discordância.
Era assim que costumava encarar os adultos, seu modo
de ser insolente, de os considerar sempre culpados.
Ao fecharem sem ruído a porta do quarto, apesar da
penumbra em que imergiam, por causa das cortinas,
Lígia percebeu que era ainda dia claro. Examinou a janela, sem muita atenção, entretanto, pois sabia que a
tarde vagava ainda entre sexta e noa. Antes que pudesse
proferir uma única palavra, Estela jogara-se na cama,
de bruços, engasgada em seu próprio choro. E assim
ficara, por mais de meia hora. Entre soluços e suspiros,
ao final de muito tempo, contou indignada a decisão
do marido. Irrevogável. Ele, um advogado com seu
vocabulário. Assim mesmo dissera: irrevogável. Afinal,
quais são os limites do amor?, fitando a mãe, a interrogação naquela mesma cara com expressão de areia e
mar. Por que há de ser o coração tão estreito que nele
caiba apenas um amor?

Horrorizada, Lígia fizera o sinal da cruz. Que Deus,
o mesmo que salgara o mar, perdoasse aquela menina
pelo *nonsense* do que dizia. E tentou afastar-se, mas era-
-lhe impossível sem que empurrasse a cabeça da filha
em prantos. E apesar do horror, e do suor, e do olhar
manso e puro do Cristo de coração exposto, afagou
com suavidade a cabeça jogada em seu colo. Que Deus
nos perdoe a todos nós, humildes pecadores.

Volta-lhe o sentimento da violação, cujo zumbido, aliás, não tinha deixado de ouvir num espaço por baixo da consciência. E observa, então, como naquele momento se arrependera de ter trazido a filha para seu quarto. Nunca se pensara capaz de sentimento tão mesquinho. E este arrependimento do arrependimento anterior, que é negação por fechar o círculo, ele é que a impulsiona a curvar-se e, lábios tateantes, procurar a face da filha. Difícil entender a vida, minha filha. Há muito renunciei a qualquer entendimento. E no escuro do quarto, sente-se por momentos enternecida. Estela, ao jogar-se em seus braços — encharcado, seu maiô azul salpicado de estrelas — está entanguida de frio, a pele arrepiada. Ao enlaçá-la pela cintura, aquela mesma sensação de que a está perdendo. Já não sei quem foi, minha querida, não sei quem foi que salgou a água do mar. Mas onde foi isso, quando? Lígia olha para o Cristo de coração exposto, olha para a janela, como se fossem mais do que apenas duas direções, suas formas desfeitas na escuridão, e lhe pudessem sugerir alguma resposta.

Lígia não sabe mais se a filha vela — debruçada sobre sua dor — ou dorme, finalmente aliviada. Sacode-a com delicadeza e cheia de medo do que poderá estar acordando.

— Estela, minha filha. Agora temos de levantar. Já ouço os passos de seu pai.

Esta obra foi composta em Bembo Book Pro
e impressa em papel pólen bold 90 g/m² para a
Editora Reformatório, em outubro de 2022.